记者。长期从事媒体和政策研究工作，已出版著述 10 余种。近年来致力于边海地理方面的学术研究。

**徐永清**　国家测绘地理信息局测绘发展研究中心副主任，高级记者。长期从事媒体和政策研究工作，已出版著述 10 余种。近年来致力于边海地理方面的学术研究。

# 好风景集

徐永清 著

社会科学文献出版社
SOCIAL SCIENCES ACADEMIC PRESS (CHINA)

# 自　序

以唐诗宋词为代表的旧体诗词，绵延千年，魅力依然，气场依然，表现力依然。

我是一个迟到的旧体诗词爱好者、写作者。

发蒙之时，“文革”遽降，古今中外优秀文学作品皆成“封资修”黑货，弃若敝屣，我根本无缘接触中国古典诗词，更谈不上写作。

受抗战时期就在延安写诗的家父影响，我最先喜欢的是新诗，比如诗人郭小川、贺敬之、闻捷、李瑛的诗作，后来又偷偷迷上艾青的“毒草”作品。

在北京广播学院读书的时候，写过一阵子新诗。1988年，我和大学同班诗友戴战军、王从军、罗明，还出版了诗作合集《四个男人的世界》。

那以后的20多年中，时势嬗变，人在中年，与诗揖别。对于旧体诗词，更是敬而远之。

想不到，“老夫聊发少年狂”（苏轼《江城子·密州出猎》），年过天命之时，网络主流之际，忽来兴趣、兴致，始喜爱，继用心，学习、欣赏、揣摩、融化，开始写作旧体诗词。

赏山水，可以为诗。险峰碧海，塞北江南，名刹古寺，小桥流水，美不胜收，诗在境中。

披襟怀，可以为诗。五〇后人，彷徨歧路，欣逢中兴，家国天下，豪情块垒，诗在胸中。

眷花木，可以为诗。草木缘情，花开花谢，春华易逝，秋叶凝霜，诗在悟中。

纵年华，可以为诗。风云际会，健笔凌云，万物不仁，天地刍狗，诗在化中。

惜因缘，可以为诗。亲朋好友，旧雨新知，悲欢离合，人生如梦，诗在情中。

悠天下，可以为诗。五洲四海，黄白黑红，彼岸风物，天方夜谭，诗在途中。

内容固为先，形式也重要。“晚节渐于诗律细”（杜甫《遣闷戏呈路十九曹长》），诗词写作，当然要基本上遵循格律，因袭古汉语语言体系。否则，就不成其为旧体诗词。但是，也不必食古不化，亦步亦趋，过分地循规蹈矩。

这本集子，选收我五六年来创作的四百多首诗词，取名《好风景集》。

编完此集，好像走完一脉熟稔山川，回首远望，舒了口气，也有点忐忑。

感谢山河岁月赋予的写作灵感和热情。

感谢鼓励我编这个集子的友人。

感谢社会科学文献出版社王绯编辑。

感谢熟悉的与即将相识的读者朋友们，一旦缺少了你们的赏识、鼓励、议论、批评，我肯定丧失捧出本书的勇气和胆量。

徐永清
2015 年 11 月 8 日写，
2016 年 6 月 14 日改

# 目 录

## 卷一 赏山水

## 卷二　披襟怀

## 卷三　眷花木

## 卷四　纵年华

## 卷五 惜因缘

## 卷六　悠天下

# 卷一　赏山水

# 卷一　赏山水

## 上井冈

双雄并辔骜井冈[①]，漫岭火星两队枪。
小井期医天下疾[②]，仰窗八角一芯光[③]。

（2009 年 11 月 28 日于茨坪）

【自注】①毛泽东 1927 年 10 月率湖南秋收起义余部上井冈山，朱德 1928 年 4 月率南昌起义余部上井冈山与毛部会师。②小井村设有红军医院。③毛泽东在井冈山茅坪八角楼，开仰角窗，为省油只点一根灯芯。

## 上龙虎

丹崖碧水泛竹排[①]，似锦湖山巧剪裁。
游客舟中仰首问[②]，升棺人自何处来[③]？

（2009 年 12 月 1 日于江西龙虎山）

【自注】①江西龙虎山为“丹霞地貌”。②中央党校国家机关分校 19 期局级班同学共游龙虎山。③龙虎山有升棺表演。

## 上三清

人行栈道道悬空[①]，迷景三清雾海中。
峻岭千嶂今日俏，杜鹃万树过年红[②]。

（2009 年 12 月 2 日于江西三清山）

【自注】①江西三清山栈道绵延，蔚为奇观。②时值三清山杜鹃花苞孕育，来年春天起将盛开三个月。

## 西柏坡

滹沱北畔柏松森，淡饭粗茶卧草棘。
逐鹿中原发小舍，运筹帷幄点三军。
风云轶荡风光好，春水扬波春花馨。
赶考晋京趋大势，长明香火仰民心。

（2010 年 7 月 17 日河北平山）

## 白洋淀

明珠璀璨镶华北，芦荡搭墙筑水廊。
故宇雁翎齐列队[①]，小兵张嘎自鸣枪[②]。

形单影只孤鹰傲，百舸千帆大淀茫。
笔耀芙蕖犁土地[3]，蒲黄苇绿藕花香。

（2010 年 7 月 17 日 保定安新）

【自注】①雁翎队，活跃在白洋淀的抗日武装。②北京电影制片厂 1963 拍摄故事片《小兵张嘎》。③作家孙犁抗战期间创作描写白洋淀生活的小说。

## 都江堰

挟山越岭雪浪突，筑堰填笼妙设枢。
鱼嘴分流择另道[1]，宝瓶吐纳润成都[2]。
天人合拍镜鉴澈，父子齐心功业殊。
安澜良溉除水患，岷江千载耀明珠。

（2010 年 11 月 12 日都江堰）

【自注】①②公元前 256 年，秦国蜀郡太守李冰和其子主持修建都江堰水利工程，打通玉垒山山口形状酷似瓶口，故名“宝瓶口”。在岷江中修筑分水堰，前端状似鱼头，称“鱼嘴”。

## 舟中看亚运[1]

嘉陵江畔望珠江，羊邑山城夜未央。
绚彩舟船千客至[2]，缤纷焰火万花煌。
蛮腰乍挺天惊艳[3]，盏酒一巡水曲觞。
喜为健儿频鼓掌，亚洲气场贯汪洋。

（2010 年 11 月 12 日重庆朝天门码头）

【自注】① 2010 年 11 月 12 日晚在重庆朝天门码头一船上餐馆看广州亚运会开幕式电视直播。②各国、地区运动员乘彩船从水上进入会场。③ 2009 年 9 月建成之广州电视塔，高 600 米，椭圆形渐变网格造型，呈现“纤纤细腰”状，俗称“小蛮腰”。

## 又过万州

百步石阶隐碧流[1]，岸壁北南耸厦楼。
斜拉桥索翔飞鸟，辽廓江天掠快舟。
夜语巴山随波逝，峡惊神女伴雾留。
古城旧貌湮江底，巨坝巍然矗下游。

（2010 年 11 月 13 日三峡舟中）

【自注】①三峡大坝建成前，余曾数次乘船泊万州，登上码头长长的石阶。

## 烟雨三峡

梭烟丝雨纺朦胧，袅袅轻纱韵自成。
逼近青山眉眼俏，迓迎碧水腿腰轻。
回廊叠映连环画，萤火灭明断续情。
燕瘦环肥皆适宜，千年神女尚年轻。

（2010 年 11 月 14 日三峡舟中）

## 西溪湿地

西湖反转有西溪，旖旎桃源旧梦稀。
水曲船轻飞鸟倦，树荫屋隐旅人寂。
雪芦乱发迤航道，火柿燃灯挂僻枝。
又叹竭诚多打扰[①]，寥廓天地渺无极。

（2010 年 11 月 17 日杭州）

【自注】①电影《非诚勿扰》在西溪拍摄外景。

*2010 年 11 月 18 日早上韩兴华兄发来短信：很早以前去过西溪，和第一首。西湖游罢到西溪，恍若西子着布衣。经霜芦花摇白雪，落叶乌桕伴黄菊。短橹拨水轻轻落，浅杯泡茶频频举。苏轼倘若游此地，起舞又作传世语。

## 北海银滩

长链施然北部湾，琼沙斖粉盖银滩。
拟逐雪浪哼新曲，欲伴白鸥嬉海天。

（2010 年 12 月 10 日北海）

## 涠洲岛

牡丹谢罢角梅红①，海上仙琼小岛中。
寂寞万年喷地火②？教堂百载议杨翁③。

（2010 年 12 月 11 日北海）

【自注】①《牡丹亭》作者汤显祖曾谪贬涠洲岛，岛上盛开三角梅。②岛上有火山岩遗址。③杨振宁、翁帆伉俪，在岛上 130 年前建成的天主教堂结婚。

*2010 年 12 月 11 日韩兴华兄回复短信：贤弟足迹遍万山， 三峡连上桃花源。测绘报社若招聘， 霞客应诺做总编。

## 大冠沙红树林

潮汐起落雪浪催，扎驻茫滩缀翠微。

一片天然防护坝，弹涂逃窜鹭翔飞[①]。

（2010 年 12 月 12 日北海）

【自注】①弹涂鱼，出没于红树林的两栖动物。

*2010 年 12 月 12 日苗前军兄回复短信：和徐兄《大冠沙红树林》。经纬年轮岁月催，露霜云雾雨风微。星移斗转桑田变，南燕应时自北飞。

## 天涯海角

南国欲尽饮红椰，统帅伏波下马歇[①]。
崛峻礁丛天柱屹，荒凉海角浪花叠。
初鏖交趾清瘟疠[②]，三省吾身诵子曰。
到此淹留无挂碍[③]，听风顺势亦英杰。

（2011 年 3 月 24 日三亚）

【自注】①天涯海角景区有东汉伏波将军马援塑像。②公元 40 年，交趾郡雒将之女徵则、徵贰反，光武帝拜马援为伏波将军南平交趾，肃清岭表。③坊间有天涯海角为迁止之地一说。

## 玉带滩

雪浪疾扑玉带滩，圣公石礁砥潮间[①]。

三江融汇汪洋邈[2]，颔首博鳌叹此观。

（2011 年 3 月 26 日博鳌）

【自注】① “圣公石”，黑色巨石组成的岸礁，传说是女娲补天时不慎泼落的砾石。②万泉河、九曲江、龙滚河三江在玉带滩交汇入海。

## 七仙岭温泉[1]

风清树绿瑶池蓝，天造氧吧袅紫烟。
涤却只身千样垢，悠游一任万般闲。
浸沉径自灵台热，喧闹管他尘世寒。
羡艳七仙欲下界，桃源当世属海南。

（ 2011 年 3 月 25 日海南保亭 ）

【自注】①七仙岭位于海南保亭黎族苗族自治县，又名七指岭，以七个状似手指的山峰而得名。

## 茶溪谷[1]

漫山翠绿好画图，意匠天工任描涂。
泡饮新茶余味蕴，克隆小镇异邦俗。
桥悬溪溢坡留韵，树茂花繁壤赐福。

乐见鹏城兴后苑，丰华背面耀真珠。

（2011 年 4 月 16 日深圳大梅沙）

【自注】①茶溪谷系深圳东部华侨城景区，包括茵特拉根小镇、茶翁古镇、三洲茶园和湿地花园，融合了中西方山地小镇、茶禅文化、岭南茶田和湿地花海的风情。

## 黄石寨

千峰百壑入我怀，石雾松风蔽尘埃。
摘星台边摘胜境[①]，六奇阁上奇蓬莱[②]。
泉随山绕云中唱，树傍岩生绝顶栽。
莫道土家木楼窄，五柱伸掌迎客来[③]。

（2011 年 5 月 27 日张家界）

【自注】①摘星台为当地景观。②六奇阁为当地景观。③当地有五指峰。

## 金鞭溪

半山贪景半神仙[①]，信步峡谷谛水潺。
溪绕四门接地气[②]，负离十万浴天然[③]。

清流两侧千峰碧，馨馥层崖万朵丹。
乐履小民游径迹，懒寻嬴政策金鞭[4]。

（2011 年 5 月 27 日张家界）

【自注】①朱镕基 2005 年写有“张家界顶有神仙”句。②金鞭溪流至下游同龙尾溪、鸳鸯溪、矿洞溪四水交相穿行于东南西北四道山门。③世界卫生组织规定清新空气的负氧离子标准浓度为每立方厘米空气中不低于 1000 ~ 1500 个，金鞭溪为 100000 个。④金鞭岩因形同古代兵器中的鞭而得名，相传秦始皇赶山填海到此，因醉酒不慎将金鞭坠落化作石峰。

## 武陵源

直梯转瞬上云天[1]，桥是天生胆气寒[2]。
写意丹青峰百矗，迷飞魂魄绪千端[3]。
层理交错融小品[4]，黑白混一化大观。
自诩峥嵘沧海客，仙踪不过武陵源。

（2011 年 5 月 28 日张家界）

【自注】①百龙天梯垂直高差 335 米，运行速度 3 米 / 秒。②“天下第一桥”天然生成，桥面宽约两米，长 20 余米，绝对高度 350 米。③迷魂台景观令人意乱神迷、驰魂夺魄。④武陵源岩石为“石英砂岩”，横纹称“层理”。

* 写张家界几首诗短信传诸好友后，5 月 28 日深夜我在赶路的汽

车上连续接到罗明兄两首和诗。其一 碧落南山一线天，峰回溪转有人闲。最是三曲新风乐，神仙也羡武陵源。其二 人人尽说金鞭好，游人只合青春老。夏雨碧如簪，画船伴我眠。

* 韩兴华兄5月28日发来和诗: 老弟真是活神仙，边城索溪赏神鞭。胸中沟壑耸葱翠，诗情喷珠奔流泉。

## 泛舟沱江

小城边地泛舟游，碧水长河迓浪头。
雪域将军谐藏眷[①]，寰瀛巨匠筑奇楼[②]。
大师糜聚陈府耀[③]，湘女唯肖沈笔遒[④]。
行到虹桥谁顾盼，闪眸伫岸脆歌悠。

（2011 年 5 月 29 日湘西凤凰）

【自注】①凤凰人陈渠珍（1882 ~ 1952），把持湘西军政二十年，人称湘西王。所著《艽野尘梦》记叙他在 1907 年入川进藏，参加工布江达、波密战役，辛亥革命爆发后，从西藏绕道青海回到内地的往事。书中记叙了他与藏族少女西原的传奇爱情。②凤凰籍土家族著名画家黄永玉（1924 ~ ）以喜欢房子著称，湖南凤凰、北京、香港、意大利都建有或拥有豪宅。③陈宝箴（1831 ~ 1900 年）1875 年（光绪元年）署辰永靖沅道事，治凤凰厅（今湘西凤凰县），后任湖南巡抚，在凤凰古城留有老宅。陈宝箴世家称“一门三代四杰”、“中国文化之贵族”，主要成员还有宝箴长子、近代诗坛泰斗陈三立；三立长子、近现代著名画家陈师曾（陈衡恪）；三立第三子、史学大师陈寅恪。④沈从文（1902 ~ 1988 年）凤凰籍苗族著名作家，著有《边城》、《长河》、《湘行散记》等作品。

## 松花江边

江畔虔燃许愿灯，冉冉直上耀夜空。
电鞭频甩织奇幻，北岸排雷撼远东。

（2011 年 6 月 15 日佳木斯）

★罗明兄 6 月 18 日短信和诗：北国有水自天成，倚天常见万事空，从来神勇临天降，扁舟一叶弄春风。

## 大马哈鱼

跃腾江海度年华，玛瑙润珠耀红霞①。
骁勇洄游鳍击浪，纠结产育尾拨沙②。
同心万里歌新曲，百转千折返故家③。
舒臂两江拥赤子，一往无前志堪夸④。

（2011 年 6 月 16 日抚远）

【自注】①鱼子鲜红，直径 7 毫米。② 大马哈鱼进入乌苏里江拨动沙砾建筑产床产卵。③在太平洋北部生活 4 年后，大马哈鱼团队洄游故乡。④幼鱼自黑龙江乌苏里江交汇构成的抚远三角洲向太平洋进发。

⋆罗明兄 6 月 19 日晨和诗：大马哈鱼 自叹循环万物新，寒霜一脉育天成。巡洋跃海思乡路，搏浪击涛觅相逢。三山有水求半尾，四海无涯放一生。人情自古千不变，唤得知音留世名。

## 黑瞎子岛

率先现曙光，鸡喙啄鱼忙①。
窥往硝烟患，登临湿地莽②。
偶觑黑瞎子，最恨白眼狼③。
树绿草葳蕤，天高江水茫。

（2011 年 6 月 16 日抚远）

【自注】①当地为我国极东即版图“鸡嘴”处，最早日出，盛产鱼类。② 1929 年中东路事件苏军占据黑瞎子岛，2004 年中俄签订国界有关协定，我收复半个黑瞎子岛，获岛西 174 平方公里。 ③ 黑瞎子岛一带尚存少量黑熊。

⋆罗明兄 6 月 18 日夜和诗：一岛国人瞩，凝尘落叶急。百年孤客尔，今日归辽西。

## 鹧鸪天·驱车北大荒

快路轻车原苍莽，麦黄稻绿大粮仓。千里沃野金难换，一望无涯壤溢香。
黑龙劲，松花扬，乌苏恬温秀三江。满轮昨夜十五月，恰逢浮生几日凉？

（2011 年 6 月 17 日黑龙江车中）

## 今日延安

今朝谒圣意如何？厚土黄塬绿婆娑。
岭未争高高塔屹，泉非厌涧涧头活。
窑灯若豆光天下，延水盘绳起巨波。
偏赖吸金机叩首[①]，亦哼红曲亦笙歌！

（2011 年 7 月 12 日延安）

【自注】①延安一带开发石油，遍布“磕头机”。

## 菩萨蛮·黄昏访南泥湾

倾情日久今方到，薄云向晚林烟缈。金曲漾耳边，徜徉南泥湾。

将军屯垦处，稻花香如故[1]。月近山凹喧，秧歌彩带旋。

（2011 年 7 月 13 日延安）

【自注】①王震将军当年率 359 旅屯垦之地，如今仍然种植稻田。

## 夜游秦淮

千载秦淮是夜舟，波凝光熠泛风流。
乌衣巷口谢王渺[1]，夫子庙前贾市稠。
临水画楼娇八艳[2]，摇楫灯影幻九州。
佳人才子皆往矣，百姓寻常到此游。

（2011 年 8 月 22 日南京）

【自注】①唐刘禹锡《乌衣巷》：“朱雀桥边野草花，乌衣巷口夕阳斜。旧时王谢堂前燕，飞入寻常百姓家。”②秦淮八艳：顾横波、董小宛、卞玉京、李香君、寇白门、马湘兰（余怀《板桥杂记》），后加柳如是、陈圆圆。

## 苏州印象

姑苏佳丽眄流波，雨打太湖绽红荷。

古寺鸣钟先除岁，留园拙政半倾国[①]。
美食美景美人俏，新业新区新加坡[②]。
才子江南如椽笔，淋漓水墨寄情多。

（2011 年 8 月 25 日苏州）

【自注】①中国四大名园北京颐和园、河北承德避暑山庄、苏州拙政园、留园，苏州占其半。②苏州市设有苏州高新区和中国－新加坡苏州工业园区。

*罗明兄8月27日深夜发来短信：三十年前，实习苏州，阡陌街巷，驻留心头。江南传诗，水墨浮眸，似回故地也。印象苏州：飞檐雕角水归堂，怡园宅深巷里藏。拙政网师镶国粹，寒山晚钟韵悠长。

## 菩萨蛮・冰雪大世界

寒逼游客少，冻彻栋梁槁。琼堆玉砌晶莹相，流光旋影瞻观场。
江畔可曾眠？今冬白雪骞[①]。水月镜花红，峥嵘来去踪。

（2012 年 2 月 1 日哈尔滨）

【自注】① 2011 ～ 2012 冬季哈尔滨几无降雪。

## 菩萨蛮·雪地定向赛

披荆斩棘驰山地，迎风呛雪角膂力。鹿跃林间逐，精摹掌上图。
无暇观景美，点睛辨经纬。何处探迷踪？险峰千万重。

（2012 年 2 月 2 日黑龙江帽儿山）

## 登凤凰雪山

塔峰挂铠水云寒，踏雪攀援岂畏难。
绝顶登高林海碧，车飞雪溅越莽原[①]。

（2012 年 3 月 3 日黑龙江凤凰山）

【自注】①在山上乘雪地摩托奔驰。

## 浣溪沙·雪乡夜色

片絮纷飞伴夜长，山间木屋厚银装。红笼檐下亮春光。
阒静幽林悄入梦，无声细雪怅愁肠。骊歌默唱漾心房[①]。

（2012 年 2 月 3 日夜双峰林场）

【自注】①是夜接北京电话，知父病危。

## 浪淘沙 · 中山故居[①]

楼小势如虹，气度雍容，伶仃海漫珠江东。筚路蓝缕躬瘁处，踏遍莽丛。
来去甚匆匆，遗恨无穷，苌弘化碧木棉红。应赞今朝花更好，大道惟同。

（2012 年 3 月 23 日中山翠亨村）

【自注】①翠亨村位于广东省中山市东南南节区南萠镇，原名蔡坑村，后因附近山林青翠，故改名翠亨村。孙中山 1866 年诞生于此。

## 沁园春 · 梅园[①]

彼丽园兮，江左幽踞，吾仰慕之。就还寒乍暖，漫芳十里，粉红白绿，蜂绕蝶思。香雪波扬，氤氲飘漾，铁干虬枝春欲飞。还惊艳，恰群芳共赏，千丈虹霓。
登临细眺崔嵬，更上泻花泉下汇溪。探青山自恋，春兰秋菊，寒冬却矗，万杆梅旗。抚臆长嗟，摇首兴叹，天赋芳魂谁与归？徜徉久，那绸缪未了，心事休提。

（2012 年 3 月 26 日无锡）

【自注】①梅园，全名无锡荣氏梅园，位于无锡市西郊，面临太湖万顷，背靠龙山九峰，以梅花驰名。

## 同里小镇

水曲桥乖舍黑白，二十年后我重来[1]。
风酥街窄斜阳抹，最喜人稀任徘徊。

（2012 年 3 月 27 日苏州吴江）

【自注】① 1993 年首次中华环保世纪行活动余曾到同里。

## 鼋头渚品茶

鸢飞草长嗅花香，春到江南吮蜜忙。
万顷清波倾杯底，湖光山色细斟尝。

（2012 年 3 月 28 日无锡）

## 满庭芳·淮安恩来故居

似水流年，淌民心者，算只君与长江。院中梅绽，遒健傲冰霜。闻道江淮古县，书声朗、旭日临窗。长河岸，宏图壮志，为济国安邦！

长长，行万里，山高水阔，风疾云翔。越戎马倥偬，当代子房[1]。一世鞠躬尽瘁，杜鹃啼、血脉贲张。弦歌断，后人常忆，良相毕流芳。

（2012 年 3 月 30 日淮安）

【自注】①张良（约公元前 250 ～前 186 年），字子房，西汉名相。

## 浣溪沙 · 昭君村

裙浣香溪溪水潺[1]，青山莺脆杂树间。远村小女素婵娟。
躯弱敢肩出塞担，指纤仍挑落雁弦[2]。汉宫惭愧朔方寒。

（2012 年 5 月 4 日湖北兴山）

【自注】①香溪是长江三峡西陵峡段北岸汇入川江支流，又名昭君溪，传说王昭君出塞前常于溪中浣洗香罗帕，溪水尽香。②传说昭君出塞路上拨动琴弦，大雁闻之忘记摆翅，跌落地下。

## 金丝猴

举家排有序[1]，生性乐无忧。
蓝面辉俊逸，金毛灿温柔[2]。
攀飞高枝杪，啜饮小溪流。
春山纵情闹，林莽恣意游。

（2012 年 5 月 5 日神农架大龙潭）

【自注】①金丝猴以家为聚居单位，一雄猴为家长，其下有妻子、子女等。②金丝猴脸部为蓝白色，性格温和。

## 水调歌头·神农架

沧海变林海，葱郁万千年。鱼龙雾锁寂寞，翠岭叠嶂间。才捻巴山余脉，更和长江汉水，抟此小方圆。坡上珙桐树，崖畔紫杜鹃。

赤人杳，金猴啼，白兽遄[1]。采草疗疾架木，乘鹤迳升天[2]。冷杉刺破冰河，抖擞矗云端。暂借春光绚烂，熨我胸中沟壑，风正鼓千帆。舞棹穿峡谷，酹酒助攀援。

（2012 年 5 月 6 日神农架木鱼镇）

【自注】①神农架传说有红毛野人；聚居千余只金丝猴；有白雕、白獐、白猴、白鹿、白松鼠、白蛇、白乌鸦、白龟和白熊等白色动物。②相传神农炎帝在神农架 “架木为梯，以助攀援”，“架木为屋，以避风雨”，“架木为坛，跨鹤升天”。

## 汪庄

背岭环湖闭僻阁，披曛印月景绝伦[1]。

风拂楼阁吹枝叶，雨打径苔涮屐痕。
不枉汪庄屯旺气，岂辜西子倾鱼沉[②]。
波纹月夜趋明灭，梦醒掀帘赏赤暾。

（2012 年 5 月 24 日杭州汪庄）

【自注】①汪庄背靠“雷峰夕照”，面朝“三潭印月”。②西施为四大美女之“沉鱼”。

## 湖畔

重云低岸自梭巡，缥缈波溟好个春。
十载花荣烨煜夜，一朝星斗潦泊人。
镜湖冷觑中流涌，柳荫梦嘲彼岸村。
虔卜风云讵叵测，虾蛸堪笑跃龙津。

（2012 年 5 月 25 日杭州汪庄）

## 蝶恋花 · 骤雨

雷滚雨斜笔如寄，云墨磅礴，毫劲长天碧。一任心情恣写意，远山近水容妆易。
霁色轻涂胭脂丽，蓦耸虹桥，两岸谁牵系。打遍新荷犹俏立，珍珠乱糁千千粒[1]。

（2012年6月17日北京）

【自注】①元好问《骤雨打新荷》："骤雨过，珍珠乱糁，打遍新荷。"

## 盛夏普陀

海天一色映佛国，惫叶盈塘弃小荷[1]。
普济禅前香祭盛，观音像下首攒多[2]。
林峰寺塔陪清净，梵语涛声伴浪波。
不去缘何终不去[3]，金沙千百步难挪[4]。

（2012年7月27日于普陀山）

【自注】①时值普济寺前莲花池叶盛花希。②普陀山建有南海观音佛像。③公元916年日本僧人慧锷从五台山奉观世音菩萨像回国，船经普陀山洋面受阻，以为菩萨不愿东去，靠岸留下佛像，建"不肯去观音院"，是为普陀开山供佛之始。④普陀山有"千步沙""百步沙"海滩。

## 蓦山溪·腾冲

山青水婉，远近杜鹃艳。边地太怡情，火山丛、腾冲致远[1]。

林间竹畔，热海沸泉蒸[2]，湖草蔓[3]，叠瀑乱[4]，落霞恰向晚。晶莹剔透，缘到方相见。潜玉梦归来，翠成精、飘飘云半。钟灵毓秀，天赐岂由人，朝夕伴，金不换，温润缠娇腕。

（2012 年 8 月 10 日于云南腾冲）

【自注】①腾冲有火山群。②腾冲热海遍布温泉。③腾冲北海湿地水面漂浮草排。④腾冲城有叠水河瀑布。

## 空山

锥山镶翡翠，秋岭路盘盘。
腾跃遗墟碗[1]，休眠通涅槃。
峰间揖落日，枝隙觅婵娟。
往谏来追否？清歌杳若烟。

（2012 年 8 月 11 日云南腾冲）

【自注】①腾冲火山群有大空山、小空山、黑空山，爬至火山口如临巨碗边缘。

## 谒金门 · 热海

泉滚沸，澄澈一泓秋水。闲卧汤池珠玉碎，新波拂旧寐。

山韫璞石生魅，川孕真珠浮媚[①]。原来落花流水累，乱云湮明晦。

（2012 年 8 月 11 日云南腾冲）

【自注】①陆机《文赋》：“石韫玉而山辉，水怀珠而川媚。”

## 天童寺

淅声渐重履屐轻，翠木经霜叶未红。
遍阅青山膜地母[①]，穷读皓首羡天童[②]。
浅尝辄止何无可？深径回松欲尽行[③]。
湿漉秋林错落寺，斑驳岁月雾岚中。

（2012 年 9 月 13 日宁波太白山）

【自注】①地母，大地女神。②西晋僧人义兴云游至南山之东谷，结茅修持，有童子日奉薪水，临辞时自称“太白金星”化身，受玉帝派遣前来护持。自此山名“太白”，寺曰“天童”。③宋王安石任鄞县县令时曾有描绘天童名句：“二十里松行欲尽”。

## 鹧鸪天 · 烟雨滕王阁

稠雨低天江水茫，丛楼错落乱新妆。只知一阁曾独步，不信时俊复华章。
独临曲，自浮觞。悄然会意奈无双。良辰美景多虚幻，孤鹜落霞每黯伤。

（2012 年 9 月 22 日南昌）

## 鹧鸪天 · 长假游奥林匹克公园

莫问幽园几时栽，溪清林翠粉菊开。堂皇盛会随云去，野趣闲情信步来。
向窈窕，抛崔嵬。绿波淹我何悠哉。天香富态虽国色，占尽风流却瘦梅。

（2012 年 10 月 1 日北京）

## 晚秋观海

风吟木染海天蓝，浪卷沙平鸥鸟翩。
近岸缜察潮起落，投身确晓水暖寒。
楼空人去心犹栗，梦醒粱生魄未还[①]。
历尽喧嚣逢静谧，斜竿垂钓钩随衔[②]。

（2012 年 10 月 5 日北戴河）

【自注】①唐沈既济《枕中记》：“卢生梦中享尽富贵荣华，醒来主人蒸的黄粱还没有熟，所以称黄粱梦。”②《武王伐纣平话》卷下：“姜尚因命守时，立钩钓渭水之鱼，不用香饵之食，离水面三尺，尚自言曰：负命者上钩来。”

## 西山[①]

竟日驱车去复归，经年四季系心扉。
青山不为兴衰改，古木应怜岁月催。
春莺有情啄绿蕊，冬雪无赖傍红梅。
秋风回诵石头记，大梦百年送落晖。

（2013 年 1 月 24 日北京）

【自注】①乾隆十九年（1754），曹雪芹迁居北京西山。曹家自被抄家以后，从城里迁到蓝锭厂火器营，不久搬到了西山脚下的正白旗。这几处为余每日上班车经之地。

## 夜游大东海

人臃影乱黯云霞，元日蹑足踩细沙。
忽讶彼邦惊梦幻，旋闻此岸碎浪花。

多姿潮水朝朝落，寡变涛音暮暮哗。
最喜熙风饶情趣，温馨拂面漫天涯。

（2013 年 2 月 10 日大年初一于三亚）

## 击水亚龙湾

喷珠溅玉仰云悠，嬉水弄潮意兴稠。
蓝海晶莹却惆怅，碧波澄澈除烦忧。
回眸独屹孤椰秀，返笑净身赤裸游①。
天下名滩粗阅后，亚龙依旧拔头筹。

（2013 年 2 月 11 日三亚）

【自注】① 20 纪 90 年代，余初至亚龙湾，叹为仙境，时长滩孤悬一椰，有同伴兴奋裸游。

## 尖峰岭①

蔓藤翠木竞相挨，海岛山行亦乐哉。
从岭尖峰凌嶂出，一泓明镜伴峦来。
雨林热带先牵系，人世凉薄再忘怀。
堪笑此生痴风景，每逢佳处更徘徊。

（2013 年 2 月 12 日海南乐东）

【自注】①尖峰岭位于海南省乐东县境内，是中国现存面积最大、保存最好的热带原始森林区，1992 年 7 月辟为国家森林公园。

## 留客住 · 西岛[1]

竞登岛，驱小舟、剪春掠湾，浮波鼓浪，玳瑁椰风芳草。遥迎蓝天丽日，碧海晶叠，潮平波浩渺。沙柔岸翠，更崖畔礁峭，林中啼鸟。
闹中悄。近嚣沉沉，远思杳杳。神往心驰，若梦无言谁表。欲眺桃源深处，花落花开，看看春又老。天开慧眼？望仙山，隐隐断霞残照。

（2013 年 2 月 13 日于三亚）

【自注】①西岛位于海南省三亚市三亚湾内，又名玳瑁岛，西瑁岛，全岛面积 2.8 平方公里，居民 3000 多人，是海南省沿海仅次于大洲岛的第二大岛屿。

## 海棠湾观海[1]

蓝鲸浩浩列阵来，雪浪澹澹次第开。
碧涌磅礴翻新貌，金砂荡涤洗旧埃。

昊天大哉人虫缈，沧海阔矣鱼鳖衰。
旖旎海湾涛声震，椰香气爽沁襟怀。

（2013 年 2 月 14 日三亚海棠湾）

【自注】①海棠湾位于海南省三亚市东北部海滨，距三亚市区 28 公里，与亚龙湾、大东海湾、三亚湾、崖州湾并列三亚五大名湾。

## 燕园春迟

寒风料峭晓云稀，接二连三乱着衣。
吁请春神勤行脚，未名湖畔燕来迟。

（2013 年 4 月 9 日北大）

## 春山

登阶披雨未觉寒，赏景游春指顾间。
万树桃花幽谷笑，一只松鼠翠枝欢。
兴来探胜无遥近，意念拈花有转旋。
鹫降阳台鸣妙岭[①]，芳菲如许贮崇山。

（2013 年 4 月 19 日鹫峰—阳台山—妙峰山）

【自注】①游山半日，竟足涉鹫峰—阳台山—妙峰山。

## 浣溪沙 · 秦始皇兵马俑

千载沉埋阵未蹉，一朝掘井便磅礴[1]。皇陵寂寞日月梭。
霸业春秋顷刻覆，始作俑者后无多。精工艺匠焕芳泽。

（2013 年 6 月 25 日临潼）

【自注】① 1975 年 7 月，陕西省临潼县农民抗旱打井时，在秦始皇陵东侧发现了一处规模巨大的秦代陶俑坑。

## 浣溪沙 · 华清宫

漩恨凝嗔华清波，香消玉殒马嵬坡。 千年一曲离合歌。
兵谏枪声魂落魄，神州缘此共击倭。将军一怒久流播[1]。

（2013 年 6 月 25 日临潼）

【自注】① 1936 年 12 月 12 日，张学良、杨虎城将军在华清宫发动“西安事变”。

## 陈家祠[1]

仰视旧屋韵致新，群雕百态列奇珍。
岭南巧匠功深厚，敞庑斧凿豁乾坤。

（2013 年 6 月 26 日广州）

【自注】①陈家祠堂（陈氏书院）位于广州市中山七路。陈氏书院筹建于清光绪十四年（1888），光绪二十年（1894）落成，是广东省各地陈氏宗族共同捐资兴建的“合族祠”。

## 珠江夜游

靓岸粼波串珠江，虹桥焕采众楼煌。
新添偏喜广州塔，笔挺蛮腰炫丽裳。

（2013 年 6 月 26 日广州）

## 深圳世界之窗

万象缤纷雅苑中，缩微亲历各不同。
轻车偶乘观寰宇，最爱百年老荔红。

（2013 年 6 月 29 日深圳）

## 山海关

燕拥渤绕俯云天，画角城堞六百年。
有自煤山悬缟练[1]，无情宁远诿红颜[2]。
蜃楼照旧依重阜，逝者如斯挽逝川。
甲胄将军诗意少，攻关险峻守隘难。

（2013 年 8 月 8 日山海关）

【自注】① 1644 年李自成攻破北京，崇祯皇帝在煤山自缢身死，明亡。② 1651 年顺治八年辛卯初，吴梅村作《圆圆曲》：“恸哭六军俱缟素，冲冠一怒为红颜。”

## 夜望黄河

灯火阑珊秋水幽，千折百曲向东流。
伊人水涘云鬟鬓[1]，乍起金风侵兰州。

（2013 年 8 月 23 日兰州）

【自注】①《诗经·蒹葭》：“所谓伊人，在水之涘。” 兰州黄河边竖“黄河女儿”塑像。

## 夜游黄河

流光溢彩百年桥，白塔青山不寂寥。
谁唱船歌谁楫棹，大河东去水迢迢。

（2013 年 8 月 25 日兰州）

## 尕海[1]

浪下甘南莫徘徊，心波如鉴似童孩。
红尘万丈抛脑后，数茎格桑海畔开。

（2013 年 8 月 26 日青海海晏）

【自注】①尕海位于青海省海北藏族自治州海晏县城西部 50 公里处，距青海湖东北 3 公里。藏语称“错倾俄日”意为宝贝湖，南北宽 9 公里，东西长 5 公里，平均水深 10 米，湖水面积 48 平方公里，呈椭圆形，海拔 3200 米。

## 花湖[1]

抚岸柔波掠雁舒，芦荻萧瑟数鸭凫。
才餐一片金秋色，又惦春花绽碧湖。

（2012 年 8 月 26 日若尔盖）

【自注】①花湖位于四川若尔盖和甘肃郎木寺之间，是热尔大坝草原上的一个天然海子。热尔大坝是中国仅次于呼伦贝尔大草原的第二大草原，海拔 3468 米。

## 桑科草原[1]

云乱天苍猝雨凉，莽原默岭草新黄。
牦牛散淡牧人匿，妙笔天工写意狂。

（2013 年 8 月 27 日甘南）

【自注】①桑科草原位于甘肃省甘南藏族自治州夏河境内，属于草甸草原，平均海拔在 3000 米以上，草原面积达 70 平方公里。

## 拉卜楞寺[1]

恢宏寺院迤山间，白塔红墙清流潺。
论辩闻思昭佛理，修行密省悟机关。
精察天象编历算，缜诊症疾布善缘。
或许当初无贼盗[2]，才留僻净一方天。

（2013 年 8 月 28 日夏河）

【自注】①拉卜楞寺，位于甘肃省甘南藏族自治州夏河县大夏河岸边，拉卜楞由拉章音变而来，意为活佛大师的府邸，藏传佛教格鲁派六大寺院之一，被誉为“世界藏学府”。②电影《天下无贼》外景在拉卜楞寺拍摄。

## 潍坊秋吟

删繁省却纸鸢天①，彩画标新待过年②。
糊涂难得语成谶，春秋领异板桥间③。

（2013 年 9 月 15 日潍坊）

【自注】①风筝多在春日放飞。②潍坊杨家埠木版年画享盛名。③乾隆十一年（1746）起，郑板桥官潍七年。郑板桥题书斋联：“删繁就简三秋树，领异标新二月花。”

## 海滨三日

乍赏蓝绸贯海空，旋闻潮起吼秋风。
沧茫白雾愀然至，始悟天公会刷屏。

（2013 年 10 月 4 日昌黎黄金海岸）

## 北宫访秋[①]

旖旎好风景，攀援扑面红。
远山绯霞蔚，深壑赤云蒸。
枫醉颊焕彩，栌萌目转睛。
如椽草意匠，行脚惜匆匆。

（2013 年 10 月 26 日北宫国家森林公园）

【自注】①北宫国家森林公园，位于北京市丰台区西北部山区，丘陵型自然风景区。北宫因帝王憩地而得名。公园始建于 2002 年 10 月，总面积 9.145 平方公里。

## 国殇墓园[①]

默默陵园座座碑，男儿鲜血润边陲。
青山有幸埋忠骨，翠树白云伴魄飞。

（2013 年 11 月 22 日腾冲）

【自注】①腾冲国殇墓园始建于 1945 年 1 月，占地 80 余亩，是为纪念中国远征军第二十集团军攻克腾冲阵亡的八千将士而建立的陵园。

## 叠水河瀑布

隐涌叠层聚大波，马帮驰骋下山坡。
龙光台上瞻腾越[1]，璞玉浑成意匠琢。

（2013 年 11 月 22 日腾冲）

【自注】①龙光台位于腾冲城西，是叠水河瀑布一侧小山上的一座古寺，始建于明嘉靖六年（1527 年）。万历年间，参将邓子龙扩建为“邓总兵将台”；1921 年，始称“龙光台”。

## 百年奇树

沃壤名观育巨柯，雨打风击仍婆娑。
百年缅桂花一度，馥郁重来拟几何？

（2013 年 11 月 23 日腾冲）

## 再游热海

热海一泓地下来，烟腾泉滚站层排。
山哼[1]水闹追仙客，霞蔚云蒸妙剪裁。

（2013 年 11 月 24 日腾冲）

【自注】①热海有“水温爆炸”现象，当地人称为“山哼”。

## 和顺镇[①]

流水老桥曳败荷，旧宅祠馆拐楼坡。
书香稼废乘艀去，古镇岿然逐逝波。

（2013 年 11 月 25 日腾冲）

【自注】①和顺镇位于腾冲市西南四公里处，面积 17.4 平方公里，常住人口 6825 人，有海外华侨 18000 余人，主要分布在缅甸、泰国、美国、加拿大等 13 个国家和地区，是云南省著名的侨乡。

## 登大空山[①]

转罢小空上大空，锥山虚谷去尖峰。
苍茫翠岭边疆地，最喜白云簇簇秾。

（2013 年 11 月 26 日腾冲）

【自注】①大空山位于腾冲县城西马站乡境内，属截顶圆锥状火山，喷发后山顶留下宽落的火山口，呈锅状。海拔 2072 米，火山锥高 100 米，火山口直径为 140 米，深 40 米。

## 黑鱼河[1]

静若处子动似妖，清流镜澈舀琼瑶。
鱼游涧底悠然嬉，猴踞负暄懒欠腰。

（2013 年 11 月 26 日腾冲）

【自注】①黑鱼河位于腾冲县火山公园的黑鱼河峡谷，是腾冲火山运动后在熔岩流的作用下，岩浆堵塞地下河，使地下水流出地表的河流。

## 冬末颐和园

舰殁流年园祚绵，湖山宛在貌依然。
薄冰簇岸寒鸦啼，长卷描廊石舫娟。
欠雪倚风窥谜境，还珠买椟觑尘寰。
昆明沉郁万寿缈，甲午重临晚冬寒[1]。

（2014 年 2 月 3 日颐和园）

【自注】① 2014 年是农历甲午年。

## 洛带古镇

洛带客家迓三八[1]，女娃看罢复看花。

百年屋老谁嫌旧？间或新宅号假牙[②]。

（2014 年 3 月 7 日成都龙泉驿）

【自注】①洛带为史上客家人聚集之茶马古道小镇，我等亦为看客。②老街上插盖一些新房子，当地人称为“假牙”。

## 金牛宾馆[①]

园阆絮云映小楼，鱼悠柳吐鸟啁啾。
早春踱径微寒侵，万树繁华孕苞头。

（2014 年 3 月 8 日成都）

【自注】①成都金牛宾馆建于 1957 年，1978 年邓小平题写馆名。是四川省最大的园林别墅式宾馆。

## 玉楼春·宋庄[①]

京东花艳惊谁目？运笔舒笺若蜂簇。描涂块色写襟怀，勾勒线条弦迸曲。
秾华秀色摹不足，小匠大师金嵌玉。春来何以吐豪情，唯有泼朱三万斛。

（2014 年 3 月 21 日通州宋庄）

【自注】①宋庄，指位于北京市通州区的宋庄艺术区，已形成北京乃至中国规模最大的艺术家群落。

## 霜天晓角　·金山岭长城[1]

巃嵸骨脊，边陲崔嵬立。夕照镀金堞垛，熄烽燧，杳无迹。
万杏灿放急，蓟镇闻塞笛。精髓边墙何处？崇山外，远烟碧。

（2014 年 4 月 5 日金山岭长城）

【自注】①金山岭长城是明代修筑的一段长城，横亘于河北省滦平县与北京密云县交界地带的燕山支脉，全长 10.5 公里。

## 玉楼春·桃源仙谷[1]

燕山雨霁新妆了，石径碧桃红袅袅。绿新气爽百般宜，换着春衫犹更好。
奇峰峻岭天机巧，攀远方能窥玄妙。踏青醉氧片时狂，且减十年尘土貌。

（2014 年 4 月 17 日密云桃源仙谷）

【自注】①桃源仙谷位于北京市密云县石城乡境内的云蒙山。

## 虞美人 · 海滨小雨

零纤碎雨应洒遍，未拭也扑面。一天羽翳欲沾襟，只见潮掀潮落易晨昏。
金滩细卷浮香絮，耳畔更阑语。雪浪琼思乱如云，又是万重心事几愁人？

（2014 年 6 月 2 日端午节昌黎黄金海岸）

## 小雁塔[①]

西天小雁降长安，妙界荐福挺密檐。
义净译经两百卷[②]，晨钟梵响一千年。

（2014 年 7 月 4 日西安）

【自注】①②小雁塔是位于中国西安市荐福寺内的一座佛塔，唐代名僧义净于高宗咸亨二年（671）由洛阳出发，经广州取海道到达印度，经历三十余个国家，历时 25 年回国，带回梵文经书 400 多部。神龙二年（706）义净在荐福寺翻译佛经 56 部。

## 怀来

燕山陡峭兵甲皑，鏖战阪泉土木霾[①]。
仰坝多丘铺碧草，眸桥只手擎惊雷[②]。
东花园里尝果去，官厅湖边啖鱼回。
卌五年前初涉此[③]，襟怀盛夏又重来。

（2014 年 7 月 8 日河北怀来）

【自注】①阪泉之战见于《史记·五帝本纪》。是黄帝征服中原各族的过程中，与炎帝两部落联盟在阪泉进行的一次战争。从涿鹿、保安、怀来以至延庆，都处于冀西北的山间盆地中，阪泉之战可能发生在这种地理环境。②董存瑞，怀来县人，1948 年 5 月 25 日，在解放隆化县的战斗中，因部队受阻于敌军的桥型暗堡，董存瑞冲至桥下，用自己的身体充当支架，手托炸药包，英勇牺牲。③ 1969 年 10 月余随父亲下放至怀来东花园“五七干校”。

## 康西草原[①]

长城以外康庄西，岭绕山环绿草萋。
不是君王巡狩处，摩登男女策驹嬉。

（2014 年 7 月 8 日北京延庆）

【自注】①康西草原位于延庆县康庄镇八达岭长城西侧 15 公里处，草原面积达三万多亩。

## 雨中茨坪

轻盈雨脚掠茨坪，且听满山淅沥声。
积云洒脱方倜傥，轻雾飘逸又朦胧。
颀长枞木椎天绿，断续蝉蜩绕牖鸣。
湿软如酥润小镇，峥嵘岁月洗青峰。

（2014 年 7 月 14 日井冈山）

## 山居

翠枞青竹没此身，僻谷晨风伴登临。
听烦笼内学舌语，掸净衣襟浊世尘。
一夜风雨刷万树，须臾雷暴弄片云。
清心洗肺明双眼，小住山中气象新。

（2014 年 7 月 17 日井冈山）

## 井冈山

连绵广袤矗罗霄，草莽林丛卷怒飙。
八角晦明燃爝火，长河上下诵朱毛。

黄洋哨口三声炮，赤色洪流八面潮。
小道挑粮通天下，蓝缕筚路路迢迢。

（2014 年 7 月 17 日井冈山）

## 茅坪

八角仰云翳，青峰万木栖。
丘悠人步疾，雨快鸟飞低。
眼底新楼峙，樟前旧事稀。
瀑溅攀崖去，蝉鸣伴山寂。

（2014 年 7 月 18 日井冈山）

## 瑞金[①]

金灿瑞祥红土丰，古樟千载更葱茏。
盛衰荣辱见外造，星火灭明凭内功。
都驻坪中嘉树茂，井掘坝口洌泉泓[②]。
当年地覆天翻状，尽在绵江逝水中。

（2014 年 7 月 21 日江西瑞金）

【自注】①瑞金位于江西省南部，江西省赣州市的一个县级市。

1931 年 11 月，中华苏维埃共和国临时中央政府在瑞金成立，起初设在叶坪，后来为了安全防空，迁到沙洲坝。②毛泽东领头为沙洲坝开挖水井。

## 重访贵州水校[1]

当年驻此少年行，楼宇后生湮旧踪。
隐树嬉游攀峭壁，卧坪仰望数繁星。
一山葱郁昔时绿，万朵芬芳往日红。
卌载壮游成昨梦，筑城秋爽怅幽情。

（2014 年 8 月 15 日贵阳东山）

【自注】① 1970 年至 1973 年，余全家住贵州省水校院子里。

## 喷水池[1]

一池春水润流年，十字街头马车喧。
四月八节梦里现[2]，布衣苗绣山中妍。

（2014 年 8 月 15 日贵阳）

【自注】①“喷水池”现为贵阳市市中心一处地名。②四月八日，是贵州、广西、湘西、桂北等地的汉、苗、布依、侗、瑶、壮、彝、土家、仡佬等民族的传统节日，在这一天人们会举行各种欢庆仪式，表达丰收的喜悦。

## 甲秀楼[①]

星夜霓虹闪，古楼岁月稠。
南明流逝水，甲秀挂帘钩。
别夏气方爽，脱身心自由。
凭台慵叙旧，雅兴付茶瓯。

（2014 年 8 月 15 日贵阳）

【自注】①甲秀楼位于贵阳市南明区南明河鳌矶石上，始建于明代万历二十六年。

## 行香子・向三沙[①]

碧海椰风，犁浪舢轻，初发碇、逸兴遄情。峭礁骨耸，浪拍南溟。眺西沙岈，中沙杳，南沙莹。
千秋寂寞，百年纷扰，怅苍黄、汐落潮腾。岛滩迤逦，僻角难凭，有石塘兀，长沙亘，涨海汹。

（2014 年 9 月 1 日于琼沙 3 号轮）

【自注】① 2012 年 6 月 21 日，中国国务院批准设立地级市“三沙市”，下辖西沙、中沙、南沙诸群岛。

## 夜航船

繁星伴月乱云旋，吻浪劈波夜航船。
鱼鳖遨游雪浪里，珊瑚绚烂礁盘边。
南溟浩瀚航程险，北斗高悬更路绵[①]。
万里舟行蜉蚁渺，浮生若梦晦明间。

（2014 年 9 月 1 日夜于南海琼沙 3 号）

【自注】①《更路簿》是我国古代沿海渔民航海时用来记录时间和里程的书，“更”原本是古代汉语中的时间单位，航海时一更一般可以行走 60 华里，所以一般以六十里海路为一更。现存《更路簿》手抄本产生于明代，详细地记录了西沙群岛、南沙群岛、中沙群岛中岛礁名称、详细位置、航行针位（航向）和更数距离。

## 清平乐·永兴岛

天晶云澹，万顷琼瑶溅。列岛群礁珠手链，开府三沙璀璨[①]。
旧新两竖碑文[②]，码头机场椰林。破晓风光旖旎，酒吧向晚霓频。

（2014 年 9 月 2 日西沙永兴岛）

【自注】①西沙群岛永兴岛是三沙市政府所在地，面积 2 平方公里，是南海诸岛中面积最大的岛屿。②岛上有民国政府设立的“海军收复西沙群岛纪念碑”和中华人民共和国政府设立的“南海诸岛纪念碑”。

## 蝶恋花·石岛

临海崛奇峰耸峙，崔嵬层崖，竟是珊瑚举。波浪塑形云水蚀，忘乎所以神来处。
巨龟万载默卧踞。龙首昂扬，几欲腾云去[①]。南岛身高排头屿[②]，未临此地徒歆慕！

（2014 年 9 月 2 日西沙石岛）

【自注】①远观石岛若巨龟盘踞，又像老龙头。②石岛海拔 15.9 米，南海诸岛最高。

## 祝英台近·七连屿[①]

乘轻舟，迎激浪，飞掠七连屿。撞碎琼瑶，欹舷听涛诉。难得列列岛礁，盘盘烟树，七彩链、一一细数。
遥观处，赵述岛上朦胧，风帆伴楼宇。彩贝白沙，朔望迓潮聚。珊瑚欲见无缘，痴心犹自，倩鱼去、鳍摇传语。

（2014 年 9 月 2 日西沙七连屿）

【自注】① 七连屿位于西沙群岛宣德群岛东北部，是一组岛礁、沙洲的整体名称，是赵述岛所在大礁盘的整体名称。狭义的七连屿指赵述岛、北岛、中岛、南岛、北沙洲、中沙洲、南沙洲这七个相连的岛洲。

## 殢人娇·我的山海经

南海珠峰，广大巅极境界。山神女、踞高何碍？散花万瓣，更瀛寰生彩。这些个，来生此生内在。
云瑞心肠，波平情态。 珊瑚绽、敛虹凝黛。攀援雪域，且采劲草为佩。携这部经书，常翻常揣。

（2014 年 9 月 3 日于琼沙 3 号轮）

## 杜甫草堂

草堂圣地久欲拜，说去即行暮色燃。
千载诗章传海内，一排茅舍驻凡间。
居僻花荣境界大，心舒竹翠情怀宽。
恰逢罕见秋光爽，向晚香来桂蕊繁。

（2014 年 9 月 24 日成都）

## 枕水

樟簌云悠古镇闲，白墙灰瓦傍篷船。
小桥弯曲桂香溢，倚河枕水梦江南。

（2014 年 9 月 26 日乌镇西栅）

## 西栅夜船

静水行舟两岸灯，艄公欸乃拽橹声。
一天星黯一船愿，三孔桥前祷三生。

（2014 年 9 月 26 日乌镇）

## 云栖竹径

娇艳绿竹挺万竿，古枫伟岸指云天。
我行我素蹬石径，且徐且疾忘尘寰。

（2014 年 9 月 27 日杭州）

## 天目山

崛峻江南赫赫名，孑遗银杏触天松。
双峰雄峙撩云水，一对明眸睐碧穹。

（2014 年 9 月 28 日浙江临安）

## 大相国寺

古刹相国宇内雄，恢宏金碧态雍容。
故都七迭风烟逝，一脉禅音伴鼓钟。

（2014 年 11 月 4 日开封）

## 龙亭观菊

缘馈芳氲沁苑来，拾级嗅蕊上楼台。
天高云淡湖光滟，百万秋菊入襟怀。

（2014 年 11 月 4 日开封）

## 妙峰山

残叶青红缀树间，寒枝丹柿悬独单。
霜林披落妆颜槁，陡径盘旋景色娟。
祠庙巍峨倚峻岭，柏松劲拔傲云天。
夕阳无限黄昏短，容易登峰悟妙难。

（2014 年 11 月 10 日北京门头沟）

## 开元寺

细雨轻风蹑气行，飞檐阔殿院峥嵘。
盛唐气象一庭里，仁寿镇国两塔雄。

（2015 年 5 月 5 日福建泉州）

## 弘一法师纪念馆

唱绘诗书极盛时，全能综艺此法师。
脱胎换骨断食后，僧履梵音碧海驰。

（2015 年 5 月 5 日福建泉州）

## 崇武古城

海岸戍边六百年，峋礁铁炮耸城垣。
大明堡垒今犹在，惠女蛮腰五彩鲜。

（2015 年 5 月 5 日福建惠安崇武）

## 万安桥[①]

运斧挥斤垒巨条，巍然千载沐风涛。
无知愧我迟膜拜，不负长桥日月昭。

（2015 年 5 月 5 日福建惠安洛阳）

【自注】①万安桥又称洛阳桥，处于福建省泉州市洛江区与台商区交界处，横跨洛阳江的入海口，是古代粤、闽北上京城的陆路交通孔道。北宋皇祐五年至嘉祐四年（1053 ～ 1056），泉州郡守蔡襄主持兴建。

## 马尾[①]

褴褛北洋志未酬，马江血战愧回眸。
百年船政风雷荡，泊舟月夜可淹留[②]。

（2015 年 5 月 6 日福州马尾）

【自注】①马尾港（又称马江）系淡水良港，位于福州东南、闽

江两分流 —— 台江、乌龙江会合处。② 20 世纪 90 年代，余曾和福建、北京一帮朋友在马尾港一艘混装船的客舱聚会。

## 夜访三坊七巷[1]

坊巷蹀躞踱百年，前贤擘画界弥宽。
福州福地福风水，好夜好街好慧缘。

（2015 年 5 月 6 日福州）

【自注】①三坊七巷是古建筑遗存，福州市鼓楼区南后街两旁从北到南依次排列的十条坊巷的简称。向西三片称“坊”，向东七条称“巷”。

## 岳麓书院

岳麓葱茏蔽世埃，振衣仰首赫曦台[1]。
香樟千载荫如盖，爱晚亭中数楚材[2]。

（2015 年 7 月 10 日长沙）

【自注】①赫曦台位于岳麓书院门前，明嘉靖七年知府孙存在岳麓山顶建。王守仁题诗：“隔江岳麓悬情久，雷雨潇湘日夜来，安得轻风扫微霭，振衣直上赫曦台。”②岳麓书院大门两旁悬挂有对联“惟楚有材，于斯为盛”，上联出自《左传·襄公二十六年》，下联出自《论语·泰伯》。

## 韶山冲

少晓韶音奏此冲，老来山坳睹真容。
峰屏树碧塘荷放，旧舍依然队蜿龙。

（2015 年 7 月 11 日湖南湘潭）

## 滴水洞[①]

滴水洞中有所思，虎歇坪畔暂栖枝[②]。
丛林乍静风难测，山雨欲来谷迷离。

（2015 年 7 月 11 日韶山）

【自注】①滴水洞在韶山毛泽东故居以西约 4 公里处，三面环山，一面以一小山涧作为出口，长约两三公里，宽约 0.5 公里。谷深青幽，犹似一洞，山上一泉水从岩石滴下，故称“滴水洞”，俗称“吊水洞”。滴水洞别墅始建于 1960 年，1966 年 6 月，毛泽东到韶山，在一号楼住了 11 天。他于这年 7 月 8 日在武汉写信称此处为“西方的一个山洞”。②从滴水洞二楼西上，有一条青石山道通往牛形山上的虎歇坪，有毛泽东祖父墓。在 20 世纪 60 年代以前，此处经常有华南虎歇息、晒太阳，因此得名。

## 花明楼[①]

湘绣斑斓缀绿丘，树茂花明溅飞流。
四合小院池塘镜，一脉幽魂碧海游[②]。

（2015 年 7 月 11 日湖南宁乡）

【自注】① 1898 年 11 月 24 日刘少奇诞生于花明楼炭子冲。②刘少奇骨灰撒入大海。

## 浣溪沙・漫步八大关[①]

碧树群楼隐海滨。小巷雄关叩屐频。欧陆风情可怡神。
海阔天清潮掠岸，蝉音花语步留痕。偌多摄影婚纱人。

（2015 年 7 月 16 日青岛）

【自注】①青岛八大关包括超过 8 条以“关”命名的街道，其间布满众多的欧式古典建筑，少数建于德国殖民统治时期（1897 ~ 1914），绝大部分兴建于 20 世纪 30 年代。

## 浣溪沙・伍家台茶山

园垄逶迤裹岚纱，栗香数泡尚口颊。远林近舍翠芳华。

一叶天然曾御赞，经年品透春夏芽。原来僻野有好茶。

（2015 年 8 月 8 日湖北宣恩）

## 恩施大峡谷[①]

青峰林立秀谷莽，绝壁巉岩任鸟翔。
地缝暗河泉瀑眩[②]，天功危栈意心惶[③]。
三生可祈百年渡？万步才燃一炷香[④]。
欲览深山真景致，彷徨歧路问行藏。

（2015 年 8 月 9 日湖北恩施）

【自注】①恩施大峡谷是清江大峡谷一段，全长 108 公里，面积达 300 平方公里。②云龙地缝呈“U”形，全长 3.6 千米、平均深 75 米。③绝壁长廊，又叫“绝壁栈道”，始建于 2007 年 10 月，全长 488 米，118 个台阶，位于海拔 1700 余米、净高差 300 余米之绝壁山腰间。④“一炷香”，高约 150 余米，最小直径只有 4 米。

## 临江仙·清江瀑布

岭簇峰环桃源缈，小家碧玉精镶。山歌俚曲伴清江。竹杉环佩曳，芳迹九回肠。

一向温柔君可见，原来也会张狂。腾龙驾鹤雪波扬。惊奇观幺妹，大美土苗乡。

（2015 年 8 月 11 日湖北利川）

## 草原天路

金风遒劲垛堞残，丘宕原迭草列毡。
万朵浮云垂坝上，一条曲径蜿天间。
边陲鼙鼓音盈耳，广场阅兵势若磐。
百里秋光长画卷，山河好大费缠绵。

（2015 年 9 月 3 日河北张北）

## 塔尔寺

庭堆院错巧天工，八塔耸拔颂誉功[①]。
梵教法幢煊赫寺，菩提金瓦诞圣童[②]。
九间阔殿灯燃敬，十万吼狮叶显灵[③]。
油塑繁华鲜彩奂，大佛展晒旭阳红。

（2015 年 10 月 27 日青海湟中）

【自注】①寺前广场有八个塔组成的八宝如意塔。②大金瓦殿内是宗喀巴诞生的地方。③九间殿为汉式硬山顶建筑，面阔九间，初建于明万历二十年。传说宗喀巴诞地方长出一株白旃檀树，树上十万片叶子每片自燃显现出一尊狮子吼佛像（释迦牟尼身像的一种）。

## 蝶恋花·雪后北京

最爱莹华忽荟萃，紫禁恢宏，蓟镇雄关伟。万院千宅添妩媚，檐肥榴瘦门楣累。
遐想琼瑶怜百卉，心底京城，年少十余岁。海畔柳枝摇玉坠，山旁吹雪松风悴。

（2015 年 11 月 8 日北京）

## 海瑞墓

石坟牌坊旧葺新，故里椰风骨鲠臣。
乏力回天偏扣马，成仁上疏屡逆鳞。
三生不改冰雪操，万死何惜皮肉身。
清流难为清白辨，庐山迷雾噬麒麟。

（2015 年 12 月 10 日海口）

## 泉州

佛傍穆耶乐共荣[①]，丝连碧海启帆篷[②]。
满街圣人今何在[③]？千载莲桑屹寺庭[④]。

（2015 年 12 月 25 日泉州）

【自注】①泉州最早齐聚佛、天主、清真寺院。②泉州港为海上丝绸之路起点。③朱熹："此地古称佛国，满街都是圣人。" ④开元寺院中有株一千二百年古桑。

## 正月初一快走颐和园

山仍沉郁树仍凋，封湖寥廓御庙萧。
枝末丫梢芽欲语，堤旁水岸冰才销。
端庄擎立佛香阁，飘逸耸拔玉带桥。
履过长廊犹显短，如飞万步暮云烧。

（2016 年 2 月 8 日颐和园）

## 文科邀登宝石山保俶塔

旋踵拾级阒，丛林蔽结庐。

镇蛇苍僧怒，登峰靓女舒[1]。
馨香贻远岫，历炼造浮屠。
回首阑珊处，轻纱笼碧湖。

（2016 年 3 月 1 日杭州）

【自注】①明末杭州名士闻启祥云："湖上两浮屠，雷峰如老衲，保俶如美人。"

## 太子湾

太子今何在？来者犹可追。
苍水坐杀去，太炎系坠回[1]。
南屏传幽远，西子漾芳菲。
春水才滋润，早樱透初绯。

（2016 年 3 月 2 日杭州）

【自注】①园内有张苍水、章太炎墓。

## 蝶恋花·江南味道

闻雨闻风闻翠晓，春到姑苏，嗅绿江南调。秀木参天楼妙肖，杏花深处藏名校。

尝闾尝宫尝地道，幽巷吴门，咂品朵颐笑。食不厌精舌触巧，绵绵美味千年绕。

（2016 年 4 月 7 日苏州）

## 漫步武大

山水荫如盖，珞珈猴赛雷。
新生一夕至，古木百年栽。
万象凝寸眸，广园壤八垓。
樱林臃春日，太守梦缘槐。

（2016 年 5 月 3 日武昌）

## 昭明太子读书台

黄昏走石径，雨雾湿丛林。
太子披书处，高台滋木深。
山青蝉鸟脆，竹隐笋菌新。
文选编成后，千年我又温。

（2016 年 7 月 14 日镇江南山）

## 渔家傲 · 马岭河峡谷

地刃天锋划裂谷，寰球最美伤痕处。绝壁乌蒙络绎矗，河怒注，碳酸钙化岩贴俯。
百脉飞湍直落驻，喧豗雷吼身魂觫。块玉琼瑶垂碧柱，百瀑簇，石奇竹翠争相助。

（2016 年 7 月 15 日贵州兴义）

## 万峰林

早识喀斯特，今知此处娇。
峰林逶碧野，岭树漾青霄。
万数岂盲得，福植①欣见招。
徐公②赞奇胜，未惜路途遥。

（2016 年 7 月 17 日贵州兴义）

【自注】①峰间田野种植福字。②徐霞客曾赞“盖此丛为西南奇胜”。

## 凤栖梧 · 万峰湖

游棹悠悠分浪剪，重岭层峦，绿水幽收敛。笋柱石林镶两岸，峡江偏小犹堪看。

景色撩人花照眼，天阔风微，浓淡白云卷。竹翠蕉娇诗溢满，夕阳闲上峰林畔。

（2016 年 7 月 18 日贵州兴义）

### 葡萄沟

依山傍水酿风流，十里葡萄十里沟。
甜爽巨峰茂叶密，芬芳玫瑰虬藤纠。
嫣红姹紫美人指，剔透盈丰马奶稠。
行走攀摘食通透，餐风饮露啜自由。

（2016 年 8 月 13 日昌黎）

### 青山铸剑

即山作冶刃芒凛，干将莫邪萃阳阴。
金髓铁精神物化，候天伺地人烁身。
将军挥戈君王恨，烈女抛颅壮士魂。
莫道江南山水软，剑锋轻挑撼乾坤。

（2016 年 9 月 23 日莫干山）

## 地理信息小镇

小镇神通大，寰球巧度量。
拔楼播经纬，筑苑蕴行藏。
江南温窠暖，雏凤破壳翔。
德泽清境界，厚土旭阳煌。

（2016 年 9 月 24 日浙江德清）

## 登莫干山

桂香枝头溢，竹海岭上深。
剑台瀑拭刃，名墅岚登临。
山岳难重复，英雄可自矜。
阑干君莫靠，陡径汗涔涔。

（2016 年 9 月 23 日莫干山）

## 冬游花溪

独步临溪怅，萧然羁旅心。
飞花乘逸兴，霜叶挽痴心。
一水牵千岭，百蹬矗万粼。

少年流连地，晚岁再相寻。

（2016 年 11 月 14 日贵阳）

## 遵义会议会址

闪躲重围漫岭中，偏师劳顿扎山城。
挪移帅印红楼里，振奋三军再启程。

（2016 年 11 月 18 日遵义）

## 娄山关

万壑千山覆翠微，咽喉鸟道雄关巍。
硝烟散去八十载，马背佳篇味可回。

（2016 年 11 月 18 日贵州桐梓）

## 十里河滩

拥山偎水碧云天，耸翠弓桥丽日暄。
晃碎涟漪一对影，悠竿且钓十里滩。

（2016 年 11 月 20 日贵阳花溪）

## 题红军强渡乌江

苍山入翠微，峭壁瞰波辉。
寒雨湿林木，红星映战衣。
舟船冲岸跃，将士破敌围。
向晚寻征路，冬云赤帜飞。

（2016 年 11 月 25 日贵州瓮安）

# 卷二　披襟怀

# 卷二 披襟怀

## 忆 2005 年珠峰测量[1]

蜷卧连营兴未衰，凌云壮志测高台。
夜阑恍见风吹雪，绝顶天兵入梦来。

（2009 年 6 月 4 日夜于北京西三旗）

【自注】①余全程参加 2005 年珠峰高程测量。

## 聂诗侯编

观天坐井编偏阔，六百遗诗日月浮[1]。
天闹一猴食赤粒[2]，地贴三耳谛绸缪[3]。
奇书奇句奇情趣，我法我师我慕求。
三卷煌煌长仰诵，每觉妙处涕横流。

（2010 年 5 月 3 日）

【自注】①《聂绀弩旧体诗全编注解集评》（全三册）由山西人民出版社 2009 年 11 月出版，编者侯井天花费 20 余年心血搜集、整理、笺注，共收集 653 首。②侯君编书经历犹如孙悟空偷食太上老君仙丹。③“三耳”，即聂诗人。

## 岁月抒怀

—— 和炼群兄《六十感怀》

忙碌已跋大半程，蹀趄迈步未计成。
征途自有胜景在，磊落胸怀且续行。
岂耐双鬓岁月催，鸣笛破晓谛风雷。
山环水转熹微露，地阔天高总复归。

（2010 年 11 月 24 日）

*2010 年 11 月 24 日章炼群兄发来短信: 六十感怀 少年贫贱已知愁，人性压抑充老成。 磨难文革躬腰走，炼狱兵团匍匐行。悬梁凿壁把基奠，三十适逢惊天雷。甲子一轮无多憾，耿耿书生又还归。

*2010 年 11 月 25 日收到蒲建平兄短信: 复永清兄 英雄不论春与秋，当下便是好时候。甘罗十二挂相印，姜尚八十可封侯。机缘合适摘星宜，形势未到粥难求。运来仗剑匡社稷，寻常散淡逍遥游。

## 吴冠中印象

线约色嫩境界佳，妙笔如诗屡吐花。
小巷春风嗔细水，大江雪浪拍危崖。
东西融汇升虹影，华夏精神映赤霞。
傲骨丹心凸意象，诗书满腹焕风华。

（2010 年 12 月 4 日）

*2010年12月4日章炼群兄发来短信：悼吴冠中 瘦骨嶙峋一柱峰，双眼如炬忧国重。丹青勾勒江南色，彩墨糅合东西同。精致小品蕴气度，磅礴巨幅吞山河。旷世奇才越千年，人品文品超放翁。

## 南海地图

汉棹唐樯宋绘符，明渲清染展画幅。
苍茫涨海石塘险[①]，迤逦长沙水道殊[②]。
万里迣迢千仞雪，九条断续一联珠[③]。
回眸千载风涛续，海岛珍奇耀舆图。

（2010年12月10日广西北海“南海地图研究论证暨研讨会”）

【自注】①②“涨海”“石塘”“长沙”，古代南海诸岛地名。③指中国地图上的九条断续线。

*2010年12月11日王保立兄回复短信：群贤聚南海，测绘思国安。地图寓外交，群岛定回来。

## 冬至

——步兴华兄韵赠诸友

冬至岂愁报暖迟，雪来诗寄蕊缤时[①]。

诚凭一掬炽情意，无尽春潮涨苑池。

（2010 年 12 月 22 日 ）

【自注】①英伦诗人雪莱（P. B. Shelley ）《西风颂》诗云：“冬天来了，春天还会远吗？”（If winter comes , can spring be far behind ? ）

⋆韩兴华 2010 年 12 月 22 日诗：冬至寒至福更至，暖流丝丝如春时，祝君福多心长暖，春风春雨入春池。

## 辞旧迎新

无伤履尾兆兔脱，皆为〇一相组合[①]。
世势纷纭拼博弈，浮生起落慨零和。
幽情婉诉吟绝律，宏旨攸关掠微博。
逆旅天荒匆促客，百年万物悟如何？

（2010 年 12 月 26 日 ）

【自注】①虎年（2010）将去，兔年（2011）即来；0 和 1 指计算机识别之机器语言 0 和 1。

2010 年 12 月 31 日李永春兄回复短信：永清：不问平仄，只为插科，原韵打油，开怀一乐。虎尾无力兔帽脱， 百事皆因意念合。运来慷慨拼博弈，势去悲歌叹零和。思接千载觅绝律，趣在当下看微博。白驹过隙身是客，万物同尘欢几何。

## 迎春掂雪

久违雪花飞，凑句贴年楣。
中原墒情瘦，江南冰心肥。
天流分强弱，地利辩盈亏。
纠结庄生梦，杜宇啼春归。

（2011 年 2 月 1 日）

## 晚雪晨观

素手轻叩小扉开，裙裾袅袅悄然来。
蒙蒙天幕喁喁语，臆度朝霞染赤腮。

（2011 年 2 月 10 日京北西三旗）

*2011 年 2 月 10 日下午收到蒲建平兄短信：和永清兄咏雪诗　紫禁玉阙次第开，千呼万唤始出来。一冬无雪竟为何？只留清白入君怀。

*2011 年 2 月 10 日下午收到韩兴华兄二短信：读永清佳作有感献拙　玉兔知久旱，抖落芊芊毛。红灯染初瑞，留待挂元宵。初雪有感寄永清一笑　好雪似有意，翩然到窗前。素心君不知，化作泪斑斑。

*2011 年 2 月 10 日傍晚收到戴占军兄短信：和永清晚雪晨观　入春才得一场白，飘飘洒洒为君来。且喜久旱逢甘露，何愁满街车辆排。

## 沁园春·春晓

谁卷帘栊，翠鸟流霞，贪尽春慵。啜晨光晓露，一点唇绛，两弯眉蹙，几许腮红。泳熹摛霓，飞鸿奔鹿，数抹曙绯嗔嫩容。遥相向，那纷披蜀锦，天纵裁缝。
清风朗日相逢。况解语流香笑靥盈。但长天雁起，梅花苞绽，大洋风紧，蓬岛波平。水绕山环，遥襟甫畅，俯仰生姿来去匆。怔云水，且鱼笺未展，笑讲阴晴。

（2011 年 3 月 1 日）

## 红歌

百年红透耐琢磨，半世回眸秀稔歌。
清婉平和萦耳畔，超绝高亢逐心波。
金声玉振堪回荡，律吕调阳自远播。
暮鼓晨钟余音袅，秋林唱罢棹烟蓑。

（2011 年 6 月 11 日）

## 南海感事

荷弹驱船战氛扬，经年兹衅在石塘[1]。
岛初荒匮千年寞，油后喷薄一旦忙。
世事纷纷经扰攘，波涛滚滚耐日长。
筹边诚仰真实力，涨海无声惠炎黄[2]。

（2011 年 6 月 20 日）

【自注】①石塘，南沙群岛古地名之一。　②涨海，古代南海及南海诸岛地名。

## 秋兴遣怀

——辛卯暮秋步老杜韵

其一

青碧黄红蔚成林，婆娑落叶万木森。
江流东去观潮涌，罡风西来泻光阴。
从菊只栽桑梓地，微博一吐赤诚心。
霜天不解真情意，气促云催急捣砧。

其二

彼耀朝暾此月斜，星移斗转焕物华。

攻坚难遂东方梦，举债虚浮西海槎[1]。
一夜悭眠惟孤枕，五音迭进有群笳[2]。
恍觉远雁衔尺素，约否白雪绽赤花？

【自注】①指欧洲债务危机。②北魏杜挚《笳赋》：“刚柔待用，五音迭进。”

其三

半空云墨半霞晖，天下无峰尽翠微。
堪信江湖仍泛泛，谁牵纸鸢欲飞飞？
生员竞逐功名薄，主仆倒颠宗旨违。
可恨青白势利眼，俨凭裘马鉴轻肥。

其四

形势九州未了棋，百年博弈喜伴悲。
四牡騑騑疾驰日[1]，终日乾乾俱进时[2]。
梦醒粱熟幸尚早，补牢顾犬未为迟。
鱼龙寂寞秋江冷，故国再起有所思。

【自注】①《诗经·小雅·四牡》：“四牡騑騑，周道倭迟。岂不怀归？”②《易·乾》：“君子终日乾乾，夕惕若厉无咎。”

其五

采菊移岭对空山，陶潜愚公伯仲间。
天撒红花期飘逝[1]，地涵紫气助过关[2]。
凌烟图画开生面[3]，涅槃凤凰变新颜。
广武登临惊歧路[4]，英雄觅遍匿何班？

【自注】①《维摩经·观众生品》："时维摩诘室有一天女……即以天华，散诸菩萨、大弟子上，华至诸菩萨即皆堕落，至大弟子便著不堕。" ②（汉）刘向《列仙传》："老子西游，关令尹喜望见有紫气浮关，而老子果乘青牛而过也。" ③杜甫《丹青诗》："凌烟功臣少颜色，将军下笔开生面。" ④《三国志·魏志·阮籍传》裴松之注引《魏氏春秋》：阮籍"尝登广武，观楚、汉战处，乃叹曰：'时无英才，使竖子成名乎？'"

其六

大江东去不回头，万里长征逢晚秋。
为扇在篁通地气，含飙柔握化乡愁[1]。
迎波斩浪扬帆客，破雾穿云振翼鸥。
琼阁仙山遥眺望，海天荡荡下五洲。

【注释】①陶渊明《闲情赋》："愿在竹而为扇，含凄飙于柔握。"

其七

为山九仞亏篑功，幸有德赛惠寰中。
赤子厚德逢霁月[1]，男儿慷慨唱大风。

乍闻小丑喝声脆，鲜见苌弘碧血红。
欲钓千峰寒江雪，还寻蓑笠行舟翁。

【自注】①老子："含德之厚，比于赤子。"

其八

河曲汤汤自逶迤，铗弹鱼脍尽渼陂[1]。
银散盘旋碎泡沫，瘴薰翅折凋残枝。
丽姝钱问人弗问，仙侣身移财勿移。
狂抛遽落皆气象，烟波渺渺云低垂。

【自注】①渼陂，原为陕西户县古湖泊名。

（2011 年 10 月 22 日 ~ 25 日）

## 水龙吟·偶赴京北某庄园[1]

华屋连苑横空，一泓碧水锦堆骤。朱帘半卷，烟笼初罩，凝霜时候。翠阁琼楼，欧氲美制，不无还有。看花枝凋尽，斜阳院落；红衫女，伫池甃[2]。
陋室岂甘错后。怅偌多、南柯难又。本羁利绊，途程踉跄，载超心瘦。目下重门，湖边群墅，京华冠首。叹广厦谁有，千年过罢，秋风依旧。

（2011 年 11 月 22 日北京西三旗）

【自注】①步秦观《水龙吟 · 小楼连苑横空》韵。②别墅修有室内游泳池。

## 青春祝福[①]

教茶笄礼天地序，抚发梳髻靥若花。
玉立亭亭汲玉露，芳心寸寸吐芳华。
方行起步行愈正，圆智进学智倍加。
祈愿前程腾鸿鹄，九重振翅翱云涯。

（2011 年 11 月 23 日）

【自注】①友人韶东小女方圆 2012 年行成人礼，嘱余代撰贺诗。

## 青玉案 · 初冬

幽兰馨溢迢迢路，芳蔼迫，凌波去。云水千重尝求渡，棠船桂棹，牖窗绮户，远目婵娟处。

寒拈雾绡垂昏暮，健笔犹捉暖冬句，块垒倚谁浇几许？一凭心事，漫无边际，化作来春雨！

（2011 年 11 月 29 日）

## 临江仙·岁末

如洗长天蓝缎漾，羽衣撑起帆蓬。阴霾昨日尚重重。罡风摧雾散，寒气伴霞红。
阑夜行船泊何处？冰封水憩鱼胧。神穿心忡却思侬。九州一枕梦，寰宇五更风。

（2011 年 12 月 8 日）

## 摊破浣溪沙·同窗旧照

箧底穷搜胜景还，颦蛾颊惬寸方间。旋与韶光共停驻，恰堪看。
芬馥萦回寒牖暖，遥迢学步窄径宽。掷尽岁华方恨少，怅江山。

（2012 年 1 月 2 日新年试笔）

## 谪仙怨·寒春观戏

锣疾鼓紧帏启，闯馆未泥解携。觅径直行倒退，流年河水东西。

红伶千阙万曲，薄命后恭前倨。妆卸素颜治养，台塌形单影只。

（2012 年 2 月 10 日）

## 如梦令 · 阅友人文稿

笔舞龙盘凤吼，樽溢陈年醇酒。侵晓秉竿人，垂钓白云苍狗。回首，回首，浮梦挚朋老友。

（2012 年 3 月 1 日）

## 感事

狙黑歌赤花非雾，断水抽刀君讵能？
权释无须一杯酒，谋擘有赖数年功。
毕来既跃肱拨运①，过犹不及臂展旌②。
镜觑天庭头已白，日薄西岭叩沉钟。

（2012 年 3 月 15 日）

【自注】①《小雅 · 无羊》："麾之以肱，毕来既升。" 意为轻轻挥手，跃登坡顶。②《新序 · 杂事四》："庄王亲自手旌，左右麾军。"

## 念奴娇·重庆

云谲雾诡，又匆匆到了，寒春时节。划地东风惊好梦，一枕黄粱星泻。江畔狙黑，山城唱赤，匆猝无揖别。楼空人去，是非留待评说。

闻道锦城路边，行人曾见，馆里蒙蒙月。旧恨长江流不断，新愁云锦千叠。料得明朝，曙光重现，花匮枝难折。也应试问：近来多少华发？

（2012 年 3 月 25 日）

## 黄岩岛

八百年前踞是礁，星辰日月矩天高[①]。
星罗棋布黄岩矗，细制坤舆赤线标[②]。
欲扽长缨诛溷腻，岂容蕞尔肆喧嚣。
旌旄猎猎昭天日，南海疆陲敢动摇。

（2012 年 5 月 11 日）

【自注】① 1279 年，元代天文学家郭守敬奉旨“四海测验”之南海测量点为黄岩岛。② 1935 年以来中国版图皆标绘黄岩岛。

## 鹧鸪天 · 夏夜

寂夜峨峨云髻堆，上弦乍露蹙修眉。余音袅袅凝陈酿，空谷幽幽却新醅。
前欠债，后难归，姣花照水弱柳垂。青灯挑过光还短，隔个帘栊万事非。

（2012 年 7 月 18 日）

## 满庭芳 · 淡然

独立清阶，天随地爽，久雨才过还晴 。云披薄羽，月殿碧晶莹。树倦枝弯花敛，轩窗外，蛐唤蝉鸣。澹华里，浮香浓露，默谛古琴声。
从容。冷眼看，温柔繁贵，隆盛簪缨。渐灯斜樽寡，魂断蓬瀛。多少新愁陈债，十年梦，屈指堪惊。濯沧浪，清浊自取①，何日现干城？

（2012 年 8 月 1 日）

【自注】①孔曰："小人听之，清斯濯缨，浊斯濯足，自取之也。"

## 蝶恋花·读《挪威的森林》[1]

直视樱花须臾坠。最怅芳菲，村树绿如碧。有客抱琴愁不寐。那堪玉漏催年岁。
廿载佳醅今品味。乐士披头，长啸催人泪。满目森苍无所谓。青春祭我谁相对？

（2012年8月24日）

【自注】①《挪威的森林》是日本作家村上春树1987年写的一部小说。

## 浣溪沙·望月

初睐上弦弯若眉，深倾润嫩赋清辉。难得香暗吐幽微。
悄忖云旋牵来去，默觉露浸掂盈亏。红华飘逝碧叶飞。

（2012年9月30日）

## 玉连环·秋音

名伶谁在？只台前生旦，扭捏作态。纵尽力堂奥难窥，无兴喝彩。更有心赏秋，雷鸣瓦釜，惟梦中妙音天籁。到黯灯坠幕，人散曲终，清浊弗界。
星空几抹烟霭，任切切声里，叆叆云外。笑皎月不过须臾，凡天上人间，随机支配。回首春江，悚花绽香飘如海。爱无边，情愫逍遥，痴心不改。

（2012 年 10 月 27 日）

## 夜雪

岁暮苍茫云水隐，晦明混沌天地淆。
无形羽坠旋幽咽，有致琼遄舞窈窕。
霓裳羽衣通宵旦，夷歌鼙鼓起岛礁。
偌多疾雪虔呼唤，大音希声漫寂寥。

（2012 年 11 月 4 日）

## 贺新郎·九段线

九链欲分野。劲挥毫谁来造影，曾母滩下？屿靓沙娇妆正好，约略千年恨嫁。待细把海疆图画。千顷碧琼光滟潋，泛塘沙舟芥潮奔马。胸有句，浩难写。
青红白黑黄稷社，最风流重来手种，蓝海疆也。故纸陈图寻故国，海市水晶台榭。更复道横空清夜。胸襟云天歌海韵，问当年鱼鸟鳖无存者。珠链妍，佩华夏。

（2012 年 12 月 2 日上海交大）

## 洞仙歌 · 寒夜思

窗冥灯怯，玉臂莹如雪。乍觇翠瑶忽飘叶。恨红叶凋杳，雁去寒归，留得个、渺渺半轮清月。骊歌如酹酒，我爱幽芳，堪比青春媲娇绝。

思绪侣西风，洞彻云天，扶摇上、纷纷鬣鬣。更秉烛、燃一炷心香，敢唤醒花期，问谁优劣？

（2012 年 12 月 10 日深夜）

## 江神子 · 末日抒怀[①]

莅临大限邂严寒。玛雅言。惑流年。果然黯淡，应是诳难圆。星月周天君不见，终复始，戚旋欢。

梦魇沫碎转头看。长路漫。雪花翩。地阔天宽，造物自超然。多极世界真奇幻，末非末，端为端。

（2012 年 12 月 21 日晨）

【自注】①玛雅历法的世界末日理论，宣称地球将在 2012 年 12 月 21 日发生重大灾难，或出现“连续的三天黑夜”等异象。

## 蝶恋花·寒日试笔

雪沃寒凝乏想望。冰下涛声，兀自发吟唱。梦醒思依方半晌，冰壶凉簟掀琼浪。
月晕知风吹碧涨。楚楚梅花，泪脸红相向。斜倚拂晓弦月上，弯环正是新模样。

（2013 年 1 月 7 日）

## 岁末寄友

帆垂寒埠大河宁，且卜明春汛潮汹。
病起经年凌脉动，冰凝数载悚启封。
暇观泰囧谁太囧[①]，匆理心情冀新晴。
勿忘初心 得始末，小民淡定废涕零。

（2012 年 12 月 28 日）

【自注】①贺岁喜剧《泰囧》火爆岁末影院。

## 满江红·唤东风

迷雾阴霾，时或逼仄，经年为客。最烦腻、那团恣睢，怎堪消得。雪紧冰凛悉态度，腊凝冬恻听消息。孕于地、苹末淫溪谷，聒雷著。

壤盛怒，疾回脚。梅绽蕊，轻挲摩。唤东风吹上，瀛台鸾阁。劲荡扶摇摧腐朽，披离被丽香远作。叫一番风景一番新，今超昨。

（2013 年 1 月 20 日）

## 除夕口占

云晦光微薄雾凝，春风待届长安城。
百年唱断几支曲，一月惭余四日晴。
草木长凋冰仍冻，龙蛇乍醒汛欲汹。
小诗漫付新年诵，大道难期指顾成。

（2013 年 2 月 9 日晨北京）

## 上元抒怀

火树银花心尚孩，流光星雨上元来。
长绳纵系斜阳住，壮曲难歌逝梦回。
止酒还开惭定力，覆辙重蹈叹襟怀。
从来人意输天意，如此江山正崔嵬。

（2013 年 2 月 24 日）

## 鹤冲天 · 早春

绿萌红孕，管他阴晴错。乍暖又寒时，惊蛰过。云霾掺心事，离魂乱、愁肠锁。无语沉吟坐，残山剩景，岂省展眉则个。
黄粱一枕多成破。何况经岁月，皆抛弹。纵使花重绽，还得似、盛时么？绪绕思缠夜，霜华月冷，恁自默读寂寞。

（2013 年 3 月 9 日）

## 春雪

深宵雨霰晓绵丝，霾沁风驰换季时。

岐路徘徊元淡薄，梦寻彳亍复参差。
忽来璀玉镶千树，骤降琼瑶缀万枝。
烨煜朝暾天如染，白驹过隙迹还期？

（2013 年 3 月 20 日晨）

## 满朝欢 ·《我是歌手》齐秦歌曲专场听后

响遏行云，声牵星月，歌迷再次倾倒。卅年金曲一脉，潋荡浩渺。乐幽情隽，引莺啭绿枝，蝶旋青杪。晚雪乍晴，东风染惹，翠笛春晓。

因念当年酷少，豪嘹干云，长发飞扬清啸。别来岁久，岂料音盟重到。天上人间，未知何处，但闻余音袅袅。曲罢伫立无言，漫得寥廓怀抱。

（2013 年 3 月 23 日）

## 自寿

湖澄雾散熹微柔，罢钓收帆笑沉浮。
栖雁水边期雁莅，落莺树杪谛莺啁。
逍遥坎坷徙泰半，梦幻桃源逊一筹。

窃喜灵身听使唤，丹心荡涤净遨游。

（2013 年 3 月 27 日北京怀柔雁栖湖畔）

## 晚春

缓至姗姗也是春，忽寒乍暖与谁论。
繁花败蕊相携伴，细雨衰霾互吐吞。
一枕黄粱才碎梦，千山翠木蔚成林。
最怜蜀道频颠覆，哽咽江山再销魂。

（2013 年 4 月 26 日）

## 贺新郎·再忆珠峰

仰止那堪说。万山尊，倚天情愫，匝地瓜葛。欲为亭亭度长短，细绾高髻琼雪。最要紧、不爽毫发[①]。絮语营盘谁倾听，记当时、只有高山月。皎洒洒，泉鸣瑟。
八年恍若昨日别。问渠侬：篷中记否？虎凳如铁[②]。冰露罡风披几度，回首难眠星夜。目望断，云邈路绝。热血男儿中宵舞，又身手矫健从头越。临绝顶，赤旗猎[③]。

（2013 年 5 月 29 日）

【自注】① 2005 年 4 ~ 5 月，余全程参加珠峰高程测量。②珠峰大本营记者帐篷里的塑料凳坚硬如铁，戏称“老虎凳”。③ 2005 年 5 月 22 日，珠峰登山测量队凌晨出发，上午成功登顶。

## 兰陵王·初夏心情

卷心箔。晴雨忽急乍阁。轩窗外，银杏参天，芳草萋萋蔽红药。罡风厌花恶，夺犯青梢嫩萼。乱云掩，沉水倦山，一任浊酒溅杯勺。

寂寞。智仁乐。怅屏谛笙箫，音断弦索。琼枝璧月春如昨。愿神侣携手，骖御鸾鹤。相思如是，纵醉里，岂忘却！

（2013 年 6 月 10 日）

## 永遇乐·夜咏

雾没喧嚣，翳亏旖旎，黯淡天际。雾里寻花，庭中弄影，断续箫声里。白鸥盟祛，黄粱梦破，顾盼月华如水。又无眠，游思纵马，竟然沟壑经纬。

百年倦客，无形铁壁，途穷散发执是。心事苍茫，浮云汹涌，举世仍昏寐。朱弦青眼，佳人美酒，梦里醉中寰外。惘仰空，阑干星斗，晦暝未弭。

（2013 年 6 月 21 日）

## 读李义山《曲江》诗

望断江山驹隙过，恍觉昨夜奏笙歌。
金舆徒返倾城色，玉殿空流盛世波。
碎梦迭回闻唳鹤，残垣凑砌挽铜驼。
登楼远眺云混沌，山雨欲来景致多。

（2013 年 7 月 14 日）

*7 月 14 日王兆文大哥短信：和永清韵　平凡岁月平凡过，清水江头清水歌，幽幽暗暗山变色，清清浊浊水成波。一缕闲云伴野鹤，万里黄沙走苦驼，蔽日沙尘起混沌，去日无多来日多。

## 偶题

游戏痴顽岁尚多？流连岂奈流光何！
挣脱桎梏心仍役，照破乾坤镜未磨。
雨倾风斜吟小句，月晕础润潜微博。
红颜春树倏弹指，黄叶秋霜掷如梭。

（2013 年 7 月 27 日）

## 读杜牧《题乌江亭》有感

胜败成亡事有期，包羞忍耻不男儿。
承天顺势真才俊，卷土重来岂梦痴？

（2013 年 8 月 5 日）

## 水调歌头 · 沧海

落照染碧海，涌浪卷神州。突来雷鸣电闪，掀舞弄潮舟。数尽惊涛拍岸，底事风狂雨骤，奋勇未歇休！千载兴衰路，天地一沙鸥。
唾青梅，酹浊酒，为民谋！涛声喧闹，凭仗一剑岂封喉？浩浩新潮无碍，可怜英雄淘尽，顺者无烦忧。莫道三伏闷，来日迓高秋。

（2013 年 8 月 6 日昌黎黄金海岸）

## 晓闻雷声

破晓沉雷搅梦魂， 积云碎雨未成真。
推窗曙色染杉翠， 朗朗高天正可人。

（2013 年 9 月 6 日晨）

## 难净

大望讵残差，微生亦复杂。
四维错落错，八卦麻缠麻。
梦系花舒蕊，魂牵玉绝瑕。
山林非道也，腥远即清嘉[1]。

（2013 年 9 月 11 日）

【自注】①《抱朴子》：“山林之中非有道也，而为道者必入山林，诚欲远彼腥膻，而即此清净也。”

## 无题

来是谶言去无踪，风疾拂乱五更钟。
试为破晓鸣难已，敢促兼程血尚浓。
赌玉琢璞逼翡翠，披肝沥胆近芙蓉。
向晚犹恨蓬山远，夕阳蓬山光万重。

（2013 年 9 月 16 日潍坊）

## 菩萨蛮 · 癸巳中秋填词奉友

遐思邀友飞宫阙，奈何路漫云蔽月。明月好因缘，应圆偏未圆。
却寻芳草去，秋仲山仍碧。红叶莫多情，悄嗔霜鬓人。

（2013 年 9 月 19 日）

## 读任志强回忆录

大亨皮相二红瓤，目露凶光古道肠。
商海沉浮孤影寂，网潮激荡大 V 忙。
谠言嘉论皆行道，搦管含毫总系房。
几片野心几许雅[1]？男儿任重志坚强！

（2013 年 9 月 27 日）

【自注】①任志强回忆录《野心优雅》。

## 迷秋

雾走霾移秋色凄，驱车罔辨路东西。
赓歌太液邀黄鹄，困坐长安盼彩霓。

判爽岂知纷萼堕，期高应讶乱云逼。
钩空虽许惊鸿唳，扯肺牵心律自迷。

（2013 年 9 月 30 日）

## 少年游 · 期风

重霾何以屡欺霜？混沌粒尘扬。仰天少曜，睹秋匮爽，吐闷纳凄凉。
又弹老调乏人和，败叶烂文章。企盼清新，惟能冀望，风浩扫苍黄。

（2013 年 10 月 10 日）

## 幽寻

秋光难瞥见，霾濛屡遭逢。
落叶飘衰盛，寒云混浊清。
居幽无匿处，蝉禁有聒声。
世界微尘里，系日乏长绳。

（2013 年 10 月 18 日）

## 虞美人·乱弹

恼耳繁手[1]今何在？定场弦音改。怨堙坐使霓裳阑，俗耳杂声并奏、不堪弹。
曲终阕尽馀弦缈，贺老[2]焉知晓。仰首祈奏辊雷声，但见苍黄云漫、绪纵横。

（2013 年 10 月 20 日）

【自注】①繁手，指弹奏乐器的一种变化复杂的手法。②指贺怀智，唐天宝末乐工，善弹琵琶，世称贺老。

## 南乡子·晚秋

拭净此清秋，偌缎蓝空一望收。霾雾暂消花渐萎，飕飕，劲峭西风势正遒。
不必费筹谋，美景浑然自倜流。人算岂敌天擘画，休休，明日黄花帐琼楼。

（2013 年 10 月 26 日）

## 天仙子·欲晓

梦碎铃催惊未了，东方一抹鹅黄早。薄霜庭院落花稀，心悄悄，朝云绕，骄人好好劳人草[①]。

（2013 年 10 月 31 日）

【自注】①《诗经·小雅·巷伯》："骄人好好，劳人草草。"

## 沁园春·冬吟

履雪屐冰，褪叶残花，不语徘徊。望苍峰峻岭，杉松犹碧；铺天云絮，匝地霾埃。江涌风吟，樯倾帆落，欲济舟楫待冰开。遥天外，谛沧溟激荡，掣电驰雷。
寥廓万里襟怀。怅岁岁年年去复来！赴荒原踏雪，空山穿雾；萧疏芳草，顿锉楼台。南觅清流，北瞻斗柄[①]，略点微霜鬓欲衰。与君共，向熙风叩首，且待春回。

（2013 年 11 月 20 日）

【自注】①《冠子·环流篇》："斗柄东指，天下皆春；斗柄南指，天下皆夏；斗柄西指，天下皆秋；斗柄北指，天下皆冬。"

## 鹧鸪天 · 边城冬夜

酒缓三更寐不成，轻流静水过窗棂。长萦梦底虔诚语，乍灭空悬许愿灯。
心倏重，夜忽怔，薄烟冷月沐边城。起来呵手聆天外，闭目独享悦耳声。

（2013 年 11 月 23 日云南腾冲）

## 晨望

推窗霞灿耀高天，枝竦鸟啁树昂然。
岁去懒寻南柯梦，霾来殷盼北风寒。
独吟未谶知音寡，百感皆缘世事繁。
路邈身闲人欲老，不斟浊酒不参禅。

（2013 年 12 月 15 日）

## 夜归有月

寒漫路寂且慢驱，清辉如水照琼枝。
从来月皓难窥豹，此夜心柔好赋诗。

玉润冰轮惜漏永，光盈桂树任星稀。
良辰难再回眸黯，盈昃圆亏各享时。

（2013 年 12 月 18 日）

## 临江仙·冬至冲寒

心绪茫茫谁似我，寒云同病相怜。斜阳一线远山衔。朔风行脚快，冰雪步蹒跚。
偏是寂寥无语夜，纷来往事千端。那时新月若眉弯。梦回天未晓，何必问华年。

（2013 年 12 月 22 日）

## 东风齐著力·岁末读纳兰词兼步其韵

水月镜花，天然舌眼[1]，隽句奔潮。惊心来去，到底却无聊。多少悲欢乐谑，终究是，爱恨弭消。惟清耳，霜空嘹唳，寂夜呜箫。
往事尽迢迢。那弦月，梦萦岂可勾销。雾迷津渡，懵懂忘虹桥。最是燃灯时候，夜光杯，酒漩葡萄。抬眼望，莽苍天地，玉冶琼雕。

（2013 年 12 月 26 日）

【自注】①王国维："纳兰容若以自然之眼观物，以自然之舌言情。此由初入中原未染汉人风气，故能真切如此。北宋以来，一人而已。"

## 年末吟

晓角唤残月，寒云牵紫烟。
鞭扬一骑过，壁立万重关。
小楼缺风景，大雪漫山川。
赋诗吟岁末，哦罢却茫然。

（2013 年 12 月 30 日）

## 一生一世

——新年开笔

欲将旧卣置新醅，量小非君饮几杯？
法海移塔白蛇柬，蓬山探径青鸟回[①]。
钓鱼竟搅惊天浪，伏虎还期滚地雷。
无雪之冬拾凄恻，一生一世羡岭梅[②]。

（2014 年 1 月 5 日）

【自注】①李商隐《无题》诗："蓬山此去无多路，青鸟殷勤为探看。" ②俗称 2013 ~ 2014 为一生一世。

## 少年游 · 伴夜

湍川去岁逝如斯，契许谁相知？那脉山峻，那株梅俏，会意即心仪。
悄聆冥想伴长夜，纷恍不胜思。那弯月媚，那瓣云魅，总是搅人时。

（2014 年 1 月 7 日）

## 期雪

恨不相逢降雪时，莹天玉宇漫琼围。
罡风方展新晴就，霾雾旋迎旧貌归。
敢补霄亏悲独舞，寄托壤沃憾慵飞。
苍凉自是难成寐，不胜身寒意兴微。

（2014 年 1 月 17 日）

## 虞美人 · 迎春辞

氛氲曙色迷离雾，不是凡间数。暖冬将尽雪还来？可惜一枝梅俏为谁开。

疾驰叩径蹄声远，却道春慵款。关山妆点又何妨，只怕花汛时候又徊惶。

（2014 年 1 月 28 日）

## 梦雪

梦我皑皑雪，九州苍昊飞：
故宫楼疾掠，西子岸徐堆。
南岭梅苞瘦，北国屋脊肥。
三冬憋闷后，晓起见霏霏。

（2014 年 2 月 7 日）

## 步韵放翁自嘲诗

花期长短盛趋衰，憔悴因伊雪染丝。
充数多称卫道士，滥竽偶有理财师。
岂知勾漏藏丹药①，难遂衡阳鬻漉漓②。
隔断心情千壑远，清风霁月欠成诗。

（2014 年 5 月 21 日）

【自注】①勾漏，山名。在今广西北流市东北。为道家所传三十六小洞天的第二十二洞天。②（宋）释道原《景德传灯录》卷八：“襄州居士庞蕴者，衡州衡阳人也。……一女名灵照，常随制竹漉篱，令鬻之以供朝夕。”

## 天香·立秋

碧雨溟烟，乱云蔽月，忽然夜澹如水。树倦花松，灯惺寐违，篆绕缕萦心字。凌波微步，还恍识、纤姿玉指。一抹俪形隐约，魂牵熹微曙气。
几回掷杯半醉。剪窗烛、神飞星坠，更叹鬓稀吹雪。柴扉深闭。谁令江山顿老，总忘却、杜鹃漫天缀。徒惜余熏，空篝况味。

（2014 年 8 月 8 日）

## 三部乐·中秋

又是中秋，沭万里雾云，海边踱步。冰轮挂幔，徐碾秦筝金屋。夜潮啭、絮语柔波，轻拍幽梦远，喃喃如诉。披霜待晓，静谛一声心曲。
竿蓑片风只雨，载半舟心事，钓秋倾吐。只知弃钩空饵，残光碎玉。幻琼波、载何万斛？蜃影恍、琼楼可掬。雾散宇清，朝暾跃、道道霞缕。

（2014 年 9 月 6 日昌黎黄金海岸）

## 读赫尔曼·沃克《希望》[①]

骊歌希望[②]唱千年，犹太家国铁血篇。
气短英雄拂袖去，情长儿女断丝缠。
哭墙残壁乐极泣，死海湮经没复还[③]。
掩卷长思风雨晦，鸡鸣不已锡安山[④]。

（2014 年 10 月 23 日）

【自注】①《希望》，赫尔曼·沃克“以色列风云”的前两部。②以色列国歌《希望》（Hatikvah）。③ 1947 ～ 1956 年间，在死海西北基伯昆兰旷野的山洞发现两千年前的羊皮卷，系希伯来文书写的早期犹太教、基督教、伊斯兰教经文。④锡安山位于耶路撒冷外西南，有许多基督教和犹太教的圣迹。

## 读《沈从文的后半生》

斗室衰翁踢僻村，乱云如墨泻如盆。
伏槽老骥瞻疆场，万马千骑笔底奔[①]。

（2014 年 11 月 28 日）

【自注】①沈从文1971年3月湖北双溪干校独处时，连日雨中在床上凭记忆完成《关于马的应用历史发展》一文。

## 年前

忽而霾黯忽晨晖，谁伴桃枝赤蕊菲。
城里钟疏楼宇近，道中灯烁路人稀。
此冬白雪失消息，那岭红梅自盛开。
纵马迎羊憧泰卦，祈福虔拜瑞祥飞。

（2015年2月15日）

## 蝶恋花 · 破五

净湛蓝天逢破五，暖日盈窗，淡淡白云缕。水饺红包陪万户，手机炮仗逗儿女。
灿盏晶觞谁与举？敬迓财神，生计平和度。放眼太行瞻南岭，天公速下杏花雨。

（2015年2月23日复兴医院）

## 永遇乐 · 春寒

料峭罡风，暮光凌厉，惆怅何处。裂冰撞岸，花苞吐怨，春汛腾几许？今朝天蓝，明晚霾重，次第岂无风雨。依然是、香车宝马，京华高冠宦侣。

长吟一阙，才女多情，一时忘却三五。舌灿莲花，条分理析，穹下挣济楚[①]。瞬间憔悴，暗流谣诼，霜辱寒欺来去。不如向、天涯地角，听风匆语。

（2015 年 3 月 3 日）

【自注】① “济楚”，整齐美好。

## 惊蛰

朗朗无春雨，心隅自震雷。
潜蛰惊骇走，残草仰熹微。
白虎飨豚血[①]，黄鹂唱芳菲。
天庭击冒鼓[②]，绝蚁灰糁扉[③]。

（2015 年 3 月 6 日）

【自注】①传说白虎是口舌、是非之神，惊蛰祭白虎，需以肥猪血喂之。②《周礼》卷四十《挥人》篇上：“凡冒鼓必以启蛰之日。”③《千金月令》：“惊蛰日，取石灰糁门限外，可绝虫蚁。”

## 春日有作

减食轻断欲除肥，慢跑无踪可采薇[1]？
载渴载饥犹恨缓，触天触地不遑归。
少嗟惆怅强词赋，老省寂寥避是非。
莫道京畿空陪月，海山亦可掩荆扉。

（2015 年 3 月 29 日）

【自注】①《史记》卷六十一《伯夷列传》：“武王已平殷乱，天下宗周，而伯夷、叔齐耻之，义不食周粟，隐于首阳山，采薇而食之。”

## 明前小吟

细指纤纤巧采茶，和风轻叩好人家。
霾堆云走穷变幻，锦簇华团自勃发。
大野生机才破土，小屏点触屡龇牙[1]。
寻春竟是百年事，且赏明前一朵花。

（2015 年 4 月 3 日）

【自注】①微信有龇牙标志。

## 南歌子 · 春祭

寸恨虽云短，绵绵未忍裁。蓓蕾凋谢葬花骸。霁月星光何处、且徘徊。
春寒仍料峭，熙风去未回。心心念念待谁来？耳畔萦环一曲、绕魂拍！

（2015 年 4 月 19 日）

## 题白石老人绝笔画作《风中牡丹》

糊涂笔墨明白峰，览画惊奇九七翁。
墨叶峥嵘泼穆静，红华盛茂甩雍容。
风朝左啸大悲咒①，身往右倾童子功。
抟翼扶摇云水荡，苍穹万里翥鲲鹏。

（2015 年 8 月 4 日）

【自注】①《大悲咒》是观世音菩萨《大悲心陀罗尼经》中的主要部分，共有八十四句。

## 岁末

风疾尘堪扫，岁寒天戾乖。
树枯无鸟噪，心静有禅来。
雪萼才惊艳，春山已孕胎。
屠苏举半盏，不待桃符催。

（2016 年 1 月 31 日）

## 贺岁辞

匆匆又是跨年时，天青霞璀车马稀。
世故捧高轻捧矮，人情嫌简不嫌虚。
尘间俗辈燃烟火，界外神仙傲霜枝。
凭网传帖如碰面，新春新禧寄新诗。

（2016 年 2 月 7 日）

## 采桑子 · 海叹

溟晦洄泓深莫测，莫测风云，蛟啸龙吟，一叶孤帆一缕熏。
猴年闲扯西游事，如意箍金，定海神珍，梦缈楼虚何处寻？

（2016 年 2 月 17 日）

## 春寒

春寒料峭丽日娇，席不暇暖灶未焦。
犬吠阳升传诮毁，月晕础润孕风涛。
除橛岂用洛阳铲，服药还须保定包[①]。
孔墨凄惶无觅处，庄生晓梦且逍遥。

（2016 年 2 月 28 日）

【自注】①保定包，猫咪看病、剪指甲专用固定包。

## 晨起得句

蛰惊壤犹冻，风语辨枝梧。
花蕴青山梦，踪迷赤县图。
冥心系天地，孤叟钓江湖。
五斗识直曲，沧浪水万斛。

（2016 年 3 月 22 日）

## 书竣

工竣身仍健，春来暖叩轩。

神凝常伏几，视野一凭阑。
拟捧巅峰雪，方驰极致原。
山高书牒简，月朗惦婵娟。

（2016 年 2 月 13 日）

## 读赫尔曼 · 沃克《荣耀》[1]

西亚风云骤，中东兵戈威。
情人一夕醉，将士百搏归。
西奈鏖车阵，戈兰报合围。
桥搭苏伊士，铁甲即如飞[2]。

（2016 年 3 月 26 日）

【自注】①《荣耀》，赫尔曼 · 沃克“以色列风云”的后两部。② 1973 年赎罪日战争，以军在苏伊士运河搭建一座钢铁浮桥。

## 自况

发乌偶觑养生谱，齿健常吟归去来。
早晚劳车堪受用，经年触壤躲尘埃。
心驰九垓观沧海，笔走八荒赋高台。

临近夕阳风景好，松风送我踏歌回。

（2016 年 3 月 27 日）

## 万里春·片绪

流红溢翠，笃定开心节气。为长留、刹那芳华，飨千杯难醉。这蕊馨如你。盛开过、悴苍心底。纵然是、缈杳鸿踪，捧一缕春水。

（2016 年 4 月 1 日）

## 蒙太奇

秘籍万卷揽苍黄，一盏明前细啜尝。
离岸原来巴拿马，改革仍是乌托邦。
沸汤岂止扬冰岛，古道偏生冻热肠。
海上潮生悬孤月，神州雾雨正苍茫。

（2016 年 4 月 6 日）

## 春日绝句

娇躯未淑女，魂魄为鬼雄。
至今闻杜宇，啼血映山红。

（2016 年 4 月 29 日，一位女杰忌日）

## 五十年

其一

暴风骤雨洗神州，标赤装戎仰御楼。
高帽盈台皆丑角，漏船载恶泛浊流。
杯弓蛇影沙折戟，峨冠博带凹牧牛。
半世犹闻雷滚地，潮流起落怅春秋。

其二

媸妍莫辨是非淆，乱世浊流窜魔妖。
暗地昏天方十载，击黑唱赤欲二遭？
佛门关闭清凉界，蚁队煎熬炽热鳌。
紧箍须除心方定，图新不取劣猴毛。

（2016 年 5 月 7 日）

## 雨歇

暮雨方歇赋旧诗，青萍残叶漫心池。
悠悠万事消磨尽，一脉情思晚照时。

（2016 年 5 月 14 日）

## 《钓鱼岛图志》书后

列屿逶如寄，钓台缈不孤。
黑潮区轸域，碧浪迭相呼。
万里趋封册，三年撰志书。
键盘不觉晓，春睐古今图。

（2016 年 5 月 15 日）

## 怀念瓦尔特

接头知晓氤氲抖，巷角助燃天火烧。
卌载一声瓦尔特，萨城卫士逞英豪。

（2016 年 5 月 24 日）

# 卷三　眷花木

# 卷三　眷花木

## 白玉兰

白衣仙子降枝头，玉立芳华春意稠。
不事声张懒润饰，天妆野籁竟难求。

（2011 年 4 月 2 日）

## 西府海棠

蕊新萼嫩暖氤飘，一树芳心发绿娇。
蝶眩蜂癫飞来去，无边花事弄春潮。

（2011 年 4 月 5 日）

## 紫丁香

卅年重现紫云翔，犹笑当年铺丽章[①]。
有解风情无解梦，不经寒彻不愁肠。

（2011 年 4 月 10 日）

【自注】① 1978 年春余考入北京广播学院，曾作新诗《紫丁香》。

## 落花[1]

零落参差锦絮飞，浓妆乍卸昨夜魁。
群蝶倏尔无扑处，不见繁华望翠微。

（2011 年 4 月 27 日）

【自注】①天军点题，永清凑句，冠陆嘱改。

## 咏白海棠[1]

半滞庭除半掩门，青冥为罩月为盆。
竹斑偷拭三生泪，石劣悄托一世魂。
芯蕊淡发抛失意，氤氲远去却留痕。
潇湘妃子今何在[2]，滚滚红尘漫晓昏。

（2011 年 4 月 28 日）

【自注】①后院新栽白海棠盛开，步红楼海棠诗社韵，见《红楼梦》第三十七回《秋爽斋偶结海棠社 蘅芜苑夜拟菊花题》。②林黛玉别号。

## 石榴花

绿浓红一动人颜，荆公妙句续接难[1]。
摄魂春色才追上，似火炎华敢点燃？
串挂灯笼飞凤眼，纷披翡翠眩云鬟。
金秋莫道庭除小，丹粒霓霞耀满园。

（2011 年 6 月 6 日）

【自注】①王安石《咏石榴花》仅“浓绿万枝红一点，动人春色不须多”两句。

## 红梅

凌寒香暗逍疾迟，历久弥新不入时。
少小诵揣明绚色，孝陵寻探雪霜姿[1]。
登堂擘画香薰纸，落笔雄遒力透肌[2]。
春曲无须檀板共，千花万蕊竞发枝。

（2011 年 6 月 12 日）

【自注】①余小学背诵毛泽东《卜算子・咏梅》。1974 年早春余于南京梅花山踏雪寻梅。② 1988 年画家王成喜为人民大会堂创作巨幅红梅《报春图》，将竣之时曾邀余赴现场观赏。

## 金秋石榴红

玛瑙耀枝头，染红满园秋。
独膺春寒至，屡顺夏雨稠。
薄壤先天弱，勤耨后劲遒。
果实心血换，劳作不停休。

（2011 年 9 月 30 日）

* 韩兴华兄 2011 年 9 月 30 日傍晚回复短信：吟石榴（赠永清）石榴先于秋叶红，最是满腹多才情。咧嘴未及稍带笑，珠流玉转早吟成。

## 浣溪沙 · 采摘草莓

埋首绿丛觅红颜[①]，采摘无力辨酸甜，相识容易契已难。
培育经年一霎啖，芳华皓首笑谈间，白驹过隙岁如烟。

（2012 年 4 月 6 日怀柔）

【自注】①红颜，草莓一品种。

## 浣溪沙・樱桃花开

旋舞羽衣乍登台，樱桃味美树难栽，小园新卉自何来?
资质全凭天赋与，培植独寄地蕴怀，花荣果盛可度猜?

（2012 年 4 月 7 日北京西三旗）

## 浣溪沙・银杏树

鸭脚弄波撩碧泓[1]，叶扇摇曳伴清空。沧桑孑遗太从容。
早试枝头银杏苦，迟栽楼下金风疮。媚过春岭醉秋峰。

（2012 年 4 月 30 日）

【自注】①李时珍《本草纲目・果二・银杏》：银杏“原生江南，叶似鸭掌，因名鸭脚。宋初始入贡，改呼银杏，因其形似小杏而核色也。今名白果”。

## 临江仙・樱桃

向晚小园香络绎，轻拈玛瑙晶莹。薰风拂面点红灯。玲珑眉眼秀，剔透小精灵。
茂叶丹实偏飒沓，红唇难避黄莺[1]。谁贻彤管绘心情。婵娟邀写意，手卷缈朦胧。

（2012 年 5 月 11 日）

【自注】①樱桃熟时常被鸟啄食。

## 浣溪沙 · 小园即景

翠鸟翩攀啭啼啁，海棠红透满枝头。花猫树下瞪黠眸。
黄叶丹实萦故梦，白云苍狗怅新秋。默闻萧飒漫空流。

（2012 年 8 月 25 日）

## 樱花开

灿若美人腮，小园一树开。
蕊随群芳沁，蜂认幽香来。
浅淡别惊艳，清纯另萦怀。
妙景倏忽去，谁解花语回？

（2013 年 4 月 14 日）

## 浣溪沙 · 秋兰

山脚巷中秋沐雨，庙堂寒舍伴敞窗。碧空长唳雁成行。
特立无言修叶秀，素颜羞煞众娇芳。露白风峭自幽香。

（2013 年 9 月 20 日）

## 小院山里红

岫隐莽藏未见踪，庭除移驻亦葱茏。
素花谦让三春绚，硕果盈枝满树红。

（2013 年 9 月 28 日）

## 蝶恋花 · 观北京园博会作

塞北江南秋并驻，园里生园，忙碌游人步。偏是萧条偏解舞，飘零碎叶花语絮。
锦绣华苑谁是主？云敛烟霏，漫谷花如许。莫怨无人来折枝，风华不耐金秋暮。

（2013 年 10 月 1 日）

## 逢秋银杏

承露撑黄伞，迓阳烁金箔。
长枝抒玉臂，短蹼漾秋波。
簌落闻萧索，袅娜舞婆娑。
土豪无颜色，高天唱清歌。

（2013 年 11 月 2 日）

## 心梅

北国稀罕嗅寒梅，梦断青峰香蕊堆。
蛇尾摇曳逶迤去，马头宕昂踢跶来。
木枯萎处凌冰绽，天凝寂时破雾开。
若到岁终无霰雪，犹应痴觅若干回。

（2014 年 1 月 19 日）

## 棣棠花

卵叶柔条绿团新，五瓣金花匿馥尘。
翠羽缕金罗结带，小家碧玉可怜春。

（2014 年 4 月 7 日）

## 春色满园

玉兰仙子曳裾徘，樱瓣灿然转瞬衰。
巴蜀棠华馨递远，美洲樱粒色萦回。
丁香紫自温氲沁，柿子红期飒意来。
默默山楂苞叶密，牡丹鸢尾尽相开。

（2014 年 4 月 12 日）

## 牡丹

东都盛会屡相逢[1]，姹紫嫣红仪态秾。
小舍能图窥国色？天香院赏两三丛。

（2014 年 4 月 18 日）

【自注】①东都指洛阳。

## 鸢尾花

剑叶精神队列威，蝴蝶蓝紫翠丛飞[1]。
戾天鸢尾窥模样[2]，小圃端详现细微。

（2014 年 4 月 27 日）

【自注】①家栽鸢尾花蓝色、紫色两种，状似蝴蝶。②《诗经·旱麓》：“鸢飞戾天，鱼跃于渊。”

## 花谢花开

一树芬芳雨后衰，残枝碎瓣洒苍苔。
天高懒为凡花叹，地促凄闻孤角哀。
绽向心田时歆嗅，移来幽圃自培栽。
斜阳似绮拂伤逝，月季酴醿次第开①。

（2014 年 5 月 8 日）

【自注】①酴醿即荼蘼。（宋）王淇《春暮游小园》：“一丛梅粉褪残妆，涂抹新红上海棠。开到荼蘼花事了，丝丝夭棘出莓墙。”

## 采樱桃

繁枝密叶自矜持，丹实累累隐苑隅。
未望满盘堆馔馈，先惊数粒耀骊珠。
鹅黄霞赤招凌喙，细网轻罗却侵持。
慢采轻拈摘意趣，艳阳风露两三株。

（2014 年 5 月 19 日）

## 紫薇花

草疯叶茂露华凝，荫碧满园紫萼秾。
宁寄芳芯长夏日，不将姿色遽春风。
繁花续放十旬漫，嫩干莹滑百日红①。
雨打风欺犹玉立，芬香馥郁月明中。

（2014 年 6 月 22 日）

【自注】①紫薇花开花时正当夏秋少花季节，花期长，从 6 月可开至 9 月，故有“百日红”之称。

## 摘葡萄

茂叶虬藤累几遭？绛珠垂拱矜招摇。
莹实剔透氲香沁，辞却秋风动剪刀 。

（2014 年 8 月 10 日）

## 摘山楂

硕果丹珠耀眼明，采撷秋色小园中。
晨夕风露浮云慢，柯叶凋零岁月匆。

（2014 年 10 月 18 日）

## 连翘花

卉自招摇馥自飘，满庭翘耀黄金条。
解毒清热凭秋果，魔法通灵羡小妖[1]。

（2015 年 4 月 4 日）

【自注】①连翘花语：魔法。

## 夜探牡丹

移种经年杳苞胎，洁白姹紫一夕来。
花仙月下精神擞，诚意勤耕迓蕊肥。

（2015 年 4 月 23 日）

## 夜昙[1]

子夜双昙绽嫩娇，凌波微步幽光饶。
幸有写真频伺候，刹那长存摄此妖。

（2015 年 6 月 4 日）

【自注】①戴占军兄家中两株手植昙花盛放，星夜拍照。

## 红柿

独在秋山餐秀色，秃枝残叶簇灯笼。
人间事事难如意，风慢霜凌再火红。

（2015 年 11 月 6 日）

## 自摘自品

几度风穿苑，樱桃便宜栽。
莹珠禽招莅，密网喙遮排。
叶茂擎茵降，实甘啖味来。
吾摘吾家果，自品自明白。

（2016 年 5 月 19 日）

# 卷四　纵年华

# 卷四　纵年华

## 牛年初度

巨匠神巫讵臆度，纷局竟若过山车。
腾挪跌宕悲欢境，鼠蹿牛奔叹峻峨。

（2009 年春节前作）

## 小年夜咏艺谭

难辨食堂与庙堂，雕栏画栋甚辉煌。
钢精锅里烹京味①，栗子粥中泛海香②。
晃晃回旋二人转，啪啪来去小沈阳③。
名伶铁岭闻天下，春晚廿年号霸王④。

（2010 年 2 月 6 日）

【自注】①郭德纲，天津人氏，其相声表演近年风靡京华。②周立波，上海人氏，其海派清口近来流行沪上。③小沈阳，近年走红的二人转演员。④赵本山，辽宁铁岭人氏，其小品表演二十年“压轴”于央视春晚。

## 当今楼市

荒腔走板律激昂，万众齐歌势难当。
贷系半生生惑困，价浮几度度凄惶。
深池瞎马投机险，瑟鼓柱胶运控忙。
楼市忽然成粥市，僧多米寡响饥肠。

（2010 年 4 月 26 日）

## 欢聚西峰

劳动节临偏劳动，同窗盛请聚西峰①。
春花绽放真还假②，学友欢腾老似童。
湮没坟茔王裔寞③，预言风暴太阳凶④。
登高凭远格相近，银杏葱茏耸碧空⑤。

（2010 年 5 月 4 日）

【自注】① 2010 年 4 月 30 日至 5 月 1 日，党校十九期局级班师生 30 人聚会于门头沟西峰寺，郭崎同学做东。②聚会者有甄、贾两姓同学。③恭亲王奕䜣次子载滢墓地在西峰寺。④王劲松同学讲解 2012 年“世纪末预言”与“太阳风暴”。⑤西峰寺院中有树龄 1800 年之银杏。

## 贺四维图新上市[①]

喜看春华发秀蕊，十年一剑耀锋辉。
细节幽处描经纬，壮志宏图蕴精微。
揽胜接星睐天下，导航指路瞰四维。
深交创板添生力，地信铁军振赫威。

（2010 年 5 月 30 日）

【自注】①北京四维图新科技股份有限公司 2010 年 5 月上市深交所创业板。

## 渔家傲 · 端午节

五月汨罗妖氛烘，洞庭浩渺泓泓重。岳州龙舟嘉兴粽。千载送。非遗无翼飞彩凤[①]。
又是寰球惊涛动，同舟共济谁与共？飓舞台飚时一弄。弗惺忪。犹期勘透大同梦。

（2010 年 6 月 16 日）

【自注】①韩国申报的“江陵端午祭”2005 年被联合国教科文组织确定为“人类传说及无形遗产著作”。

## 南非世界杯

乌巴归去加纳离，停舞桑巴向隅泣[①]。
疾阵黑驹期来日[②]，孤鸣老马顿前蹄[③]。
祖拉呜咽萌生气[④]，长蛸神奇谶玄机[⑤]。
荷戟不曾圆旧梦，斗牛勇士启新局[⑥]。

（2010 年 7 月 8 日～ 12 日）

【自注】①巴拉圭四分之一决赛负于西班牙，乌拉圭二分之一决赛负于荷兰，加纳四分之一决赛负于乌拉圭，巴西四分之一决赛惨遭荷兰淘汰。②德国黑衣军团二分之一决赛负于西班牙。③马拉多纳任主教练的阿根廷队四分之一决赛惨败德国。④呜呜祖拉（vuvuzela），南非世界杯期间足球迷用于助威的大喇叭，可以发出极高分贝的声音。⑤长蛸，章鱼别称。章鱼保罗在南非世界杯预测赛事命中率 92%，被称为“章鱼帝”。⑥决赛西班牙 1：0 战胜荷兰捧得世界杯。

## 怀柔观日[①]

同窗聚首巧安排，雾散云消待客来。
珥把黄蛇追异景[②]，摄拍黑子释疑猜[③]。
燃香揖拜尊天地，焚晷穷年映抱怀[④]。
涉过邓林流堪饮[⑤]，夸父显灵日逐来。

（2010 年 7 月 31 日怀柔）

【自注】①中国科学院国家天文台怀柔太阳观测站位于北京怀柔水库北岸。②《山海经·大荒北经》："有人珥两黄蛇，把两黄蛇，名曰夸父。后土生信，信生夸父。夸父不量力，欲追日景，逮之于禺谷。" ③怀柔太阳观测站可通过太阳望远镜观测太阳黑子活动，记录数据、影像。④韩愈《进学解》："焚膏油以继晷，恒兀兀以穷年。" ⑤《山海经·海外北经》："夸父与日逐走，入日。渴欲得饮，饮于河渭，河渭不足，北饮大泽。未至，道渴而死。弃其杖，化为邓林。"

## 贺上海市测绘院六十华诞

楚翘同行绩盛扬，测绘文化奏华章。
浦江两岸传佳绩，团队齐心创辉煌。
沧海桑田一刹那，经天纬地永留芳。
欣逢甲子排头解[①]，耳顺年方少年郎。

（2010 年 9 月 17 日上海）

【自注】①甲子为干支之一，顺序为第一个。

## 题上海世博会

万象森罗涌浪波，海国图志顿鲜活。
蜂拥看客增识见，鹤立群馆显性格。

三D精凸追盛世[①]，九州幻化梦南柯。
堪慰璀璨星空上，冠佩东方自峻峨[②]。

（2010年9月19日 上海）

【自注】①水晶石数字科技有限公司制作的3D《清明上河图》，上海世博会中国馆最抢眼的展品。②中国馆亦称东方之冠。

## 渔家傲·贺南方测绘十万台全站仪下线

红叶霜天飞大雁，岭南塞北秋缭乱。闻说靓仪称全站，凡十万，寰球小小堪称冠。
却忆廿年关漫漫[①]，征途何止千百战。马疾超前声催唤[②]，梦未断，扬帆澎湃朝暾现[③]。

（2010年10月22日北京）

【自注】①②③南方测绘集团1989年成立于广州，创始人马超、杨震澎。

## 哀史铁生

巡塬一曲清平湾，百卷遗珠耀地坛[①]。
化羽驾车扶摇去，唯留肝胆在人间[②]。

（2011年1月1日 ）

【自注】①《我的遥远的清平湾》《我与地坛》，史君名作。②史君身后捐肝。

## 巨震

——日本地震之一

天威难测地母狂，列岛筐箩顿筛糠。
四屿生机凭定力，万家墨面祈上苍。

（2011 年 3 月 17 日）

## 海啸

——日本地震之二

怒海狂呼总动员，摧楼扑岸只瞬间。
瀛寰浩叹滔滔水，蝼蚁人生舸易颠。

（2011 年 3 月 17 日）

## 核泄

——日本地震之三

伏核之殿遇洪开，地震海呼助纣来。
束手天师太尉误，祈禳大醮镇魔胎[1]。

（2011 年 3 月 17 日）

【自注】①见《水浒传》第一回《张天师祈禳瘟疫 洪太尉误走妖魔》。

## 红船

礼失求野百年船[1]，井冈桅灯延水帆。
铁血钢枪夺天下，罡风骇浪挽狂澜。
正义毛诗承精髓[2]，枝茂邓林焕瀛寰[3]。
江阔涛兴近乡怯，躬行大道民为天。

（2011 年 5 月 9 日）

【自注】①《汉书·艺文志·诸子略序》：“仲尼有言：礼失而求诸野。”②毛诗正义，《诗经》研究著作，唐孔颖达、王德昭、齐威等奉唐太宗诏命所作。此处喻指毛泽东及其思想。③《山海经·海外北经》：“夸父与日逐走，入日。渴欲得饮，饮于河渭，河渭不足，北饮大泽。未至，道渴而死。弃其杖，化为邓林。”喻指邓小平开创的改革开放事业。

## 念奴娇·七一抒怀

罡风凛冽，竟摧得玄黄造物非物。棠叶舆图，利齿噬，故国江山半壁。九州凝霜，长河封冻，赤县满冰雪。狂澜力挽，天择地就英杰。
征途骏马钢枪，驱虏擎新帜，雄师竞发。易辙改弦，方卅年，邦兴璀灯明灭。智通天耳[①]，谛山呼海应，潮生花发。中华丽锦，绣成还待岁月。

（2011 年 7 月 3 日）

【自注】①天耳通，佛教语。梵文的意译。即以天耳缘欲、色二界声处的神通力。又称天耳智通。

## 达芬奇来了[①]

孰东孰西竟成谜，水月镜花达芬奇。
刷卡只图满足感，辨材岂待保质期。
愿挨愿打双相就，予取予求整个输。
向使童言起初忌，裸奔皇帝复谁知。

（2011 年 7 月 20 日）

【自注】①达芬奇家具 1994 年在新加坡开设了首家零售店，现在中国有 7 家连锁店。2011 年 7 月 10 日，达芬奇家具被指造假，其产品不是像声称那样百分之百在国外制造，从而陷入舆论的漩涡。

## 车祸来了

雨淫电闪霹雳稠，两列撞戳百魄休[①]。
福祸回还轮错毂，生命倾覆鬼悬钩。
天灾未免随人患，警号惯常伴杞忧。
尾大不掉难刭弊，疗毒刮骨待从头。

（2011 年 7 月 25 日）

【自注】① 2011 年 7 月 23 日 20 点 30 分左右，甬温线永嘉站至温州南站间，北京南至福州 D301 次列车与杭州至福州南 D3115 次列车发生追尾事故，40 人死亡，190 余人受伤。

## 七月感事

动车妄动动辄究[①]，网络微博沸舆流。
都道攀高无捷径，谁知渠细覆艨舟。
火虚火暴掬火栗，温雅温爷悴温州。
红血红灯红警号，凄风凄雨复绸缪。

（2011 年 7 月 30 日）

【自注】① 2011 年 7 月 23 日晚上甬温线永嘉站至温州南站间，北京南至福州 D301 次列车与杭州至福州南 D3115 次列车发生追尾事故，40 人死，190 余人受伤。

## 广院毕业三十年感赋

卅载福缘定，胡桃常挂怀[①]。
长安谛晓角，逆旅浮大白。
偶觑惊鸿影，穷燃烹粱柴。
青山依旧在，八宝尚楼台[②]。

（2011 年 8 月 5 日）

【自注】①北京广播学院（现中国传媒大学）位于京东定福庄，吾等 1978 年入学时校内核桃林繁茂。②八宝又称八瑞相、八吉祥，依次为宝瓶、宝盖、双鱼、莲花、右旋螺、吉祥结、尊胜幢、法轮，是藏传佛教中八种表示吉庆祥瑞之物。

## 满江红・辛亥革命百年

弹啸武昌，直看那，皇冠落地。惊雷动，风摧残叶，浪淘沙砾。虫蠹柱梁终倾圮，水淹舟楫由规律。叹兴亡，革命爆神州，循民意！

孙文志，邹容吁，锡麟项，秋瑾句！七十二烈士，花黄血碧。回首艰辛求索路，于今擘画改革计。又攻关，倚谁毕其功，于一役？

（2011 年 10 月 5 日）

## 六个一光棍节同学汤池会[1]

三十载后泡汤泉，相见裸裎笑众贤。
往日同学多不贱[2]，老骐伏枥竞着鞭。
了无牵挂襟怀坦，涤尽红尘净体翩。
九九归一成正果，人生大戏占棍签。

（2011 年 11 月 13 日补记）

【自注】①即 2011 年 11 月 11 日。②杜甫《秋兴其三》：“同学少年多不贱，五陵裘马自轻肥。”

*2011 年 11 月 13 日周靖波兄短信和诗：六个一光棍节同学汤池会兼扑克大战　三十年后再会战，牌技略长喜心间。只因心脏变脆弱，约定输赢不关钱。同室操戈增旧情，语及国是新愁添。来去都是赤条条，敲完三家天地宽。（胡诌八句，打油以应之）

*2011 年 11 月 13 日蒲建平兄短信和诗：和永清诗　京城同学岱岳馆，自由洒脱免衣冠。戏谑红尘当年事，江山社稷笑指点。为文治学才绰绰，升官发财一般般。从容捭阖知天命，怀璧出鞘两悠然。

## 一剪梅 · 务虚

初雪轻扬费运筹，众腕咸集，共济同舟。坐中谁献锦囊来？口灿莲花，热议西楼。
胸有成竹自风流。地也慷慨，天也抛愁。山外青山楼外楼。

跃上潮头，奋鼓劲头。

（2011 年 12 月 2 日）

## 西江月 · 资源三号卫星发射

霎那新星腾跃，经年夙愿喷薄。外空广阔奏凯歌，小小寰球在握。
轻巧梭巡轨道，精心摄取山河。连台好戏才开锣，地理国情洞彻。

（2012 年 1 月 9 日于太原卫星发射中心）

## 清平乐 · 过年

寒凝木槁，炮仗九州爆。雪缀新梅春信早，度忖山河渐老！
浩荡似箭归心，一向故里情深。梦觉风生虎啸，晓来云起龙吟。

（2012 年 1 月 22 日）

## 毕业三十年[①]

春风送暖李桃夭，游子返家凤恋巢。
摄像播音编字案[②]，传书授道育英豪。
广电学府传广电，核桃园林落核桃[③]。
卅载情怀还母校，丹心一片荡新潮。

（2012 年 4 月 21 日中国传媒大学）

【自注】①北京广播学院（今中国传媒大学）新闻系 77 级毕业三十年纪念活动 2012 年 4 月 21 日在京举行。②新闻系 77 级设编采、摄影、播音三专业。③北京广播学院校园栽植核桃林。

*2011 年 4 月 21 日石建华兄短信传诗：四年寒窗读经纶，卅年受用济世春。有幸同学重聚首，隆重仪式谢师恩。恰巧春风化雨时，共享桃李结芳醇。只是短暂语不达，唯期相酬在事勋。

## 西子妆 · 杭州行[①]

汀草眷浓，乱花香透，众口寻春非晚。啸聚西子辨前痕，这些厮、秉性难变。鬓星面皱[②]， 却留得、雄心未断。凭曲阑，料碧空如我，赏观莺燕。
迭欢宴，却恨东风，搅散魂千瓣。举杯微醺醉青山，水一勺、含情终浅。残阳依恋，倩谁觅、无端诗眼？待再来，只怕云深月满。

（2012 年 4 月 22 日浙江传媒学院）

【自注】①北京广播学院（今中国传媒大学）新闻系77级编采班部分同学（摄影、播音班亦有同学参加）2012年4月21日同赴杭州浙江传媒学院。②是时编采班同学最大六十四岁，最小五十二岁。

*2012年4月23日读此词后罗明兄回复短信："公务缠身，羡慕同窗。西湖盈水，地久天长。"

## 渔家傲·巡天探海

对影三人槎霄汉[①]，舟宫邈渺穿针线[②]。故里遥看蓝若染。
齐声赞，如花笑靥周天绽[③]。
海底琼宫如梦幻，星辉闪烁游虾伴[④]。勘透神机凭妙算。
弗观叹，渊跃龙潜须定澹[⑤]。

（2012年6月26日）

【自注】①神舟九号飞船2012年6月16日成功发射，景海鹏、刘旺和刘洋三人组成飞行乘组。②神舟九号与天宫一号成功实现自动交会对接与手动交会对接，称"万里穿针"。③女航天员刘洋首次参加太空载人飞行。④ 2012年6月24日，"蛟龙"号载人潜水器在西太平洋马里亚纳海沟下潜至7020米，潜水员看到光斑闪耀，海参、虾等生物浮游。⑤《周易象辞》："潜龙勿用，阳在下也。"

## 《中国测绘报》二十年

烹文煮字廿年姿，一报风行业界驰。
大漠英雄缘地问，险峰毫末系天期。
朝夕新讯成旧梦，转瞬春花泅雪泥。
差喜同侪犹痴癖，宵深咏诵纬经诗。

（2012 年 7 月 14 日）

## 无题

群情汹涌决狐疑，国运安容倚祝蓍[①]。
巧舌鼓噪无穷尽，画皮揭穿终有期。
金声玉振舒心日，水落石出报应时。
时代新潮何浩荡，人间福祉有无知？

（2012 年 9 月 28 日）

【自注】①祝蓍：以蓍草之茎占卜。

## 水调歌头·十八大

红舸斩雪浪，画戟凛罗霄。百年风雨底定，赤县赤旗飘。族阵寰球环列，拯救启蒙交奏，志士竞折腰。继往甩阔步，开来荡新潮。
晓民瘼，谙民意，诵民谣。早冬梅苞方孕，欲报鼎羹调[①]。坚定复兴愿景，力葆神州美丽，帆正水迢迢。重试补天手，务铭民唯高。

（2012 年 11 月 30 日于广州白云山麓）

【自注】①《尚书·说命下》：“若作和羹，尔惟盐梅。”后以“调鼎”喻治国之才。

## 临江仙·重霾

雾霈云徊寒驻脚，重霾数九偏留。三分无奈一分愁。掩门图清净，闭户不厌求。
荏苒光阴催白首，休夸往事风流。夕阳掩映大江头。东风不拘束，肯为汛花留。

（2013 年 1 月 13 日）

## 参观中国气象局

抖擞龙马雪敲关，气象万千汇此园。
妙算神机乾坤卦，巡空探壤卜来年[①]。

（2013 年 2 月 3 日）

【自注】①时为壬辰年（龙年）腊月廿三，春节将临。

## 望远行・北大选修

难得天碧，和风剪，缕缕柳丝拂下。馥飘学苑，樱眩湖光，迤逦灰厦红瓦。星宿名师，揣得一身学问，绘就燕园新画。慰长安，营养精神无价。

风雅，乘兴最宜究访，泛小棹、掠波潇洒。皓首夺鲜，俊彦星焕，驰驱思想原野。须信西潮潮退却，东风乍起，别有瑶台琼榭。掬一轮旭日，堪摹华夏。

（2013 年 4 月 11 日北大）

## 春晴老友小聚

柳绿桃红向晚游，鬓丝额皱兴悠悠。
笑谈不为邯郸梦，吐纳平添长安愁。
夕照未恹诗酒减，壮怀偏感岁时遒。
东风好为催帆棹，鼓荡江湖弄钓舟。

（2013 年 4 月 13 日北京日坛公园）

## 采桑子 · 芦山地震

神州沉陆风云幻，乾倒坤颠，陷地塌天，如注惊涛砥柱坚。
巴山蜀水多劫难，方了汶川，又见芦山，众志成城试补天。

（2013 年 4 月 21 日）

## 闻讯

交加风雨乱花纷，红浅翠深欲断魂。
黛蹙迳增五月澧，毫秃妄判九州春。
难眠长叹英雄寡，漫吃冷观竖子频。
静水深流大江去，当车嗤笑螳臂伸。

（2013 年 5 月 25 日）

## 无题

水落石出见殍鱼，从来逆势气声孤。
云天混乱常如晦，江湖澄明直欲无。
向晚登车终碌碌，趋痴解梦毕区区。
拟将实务除鼓噪，销罢秀弹图耕锄。

（2013 年 6 月 16 日）

## 重阳

是日惊侪老，咫尺抑天涯。
小樽独酌酒，大悟共观花。
节近多风雨，岁移阅物华。
登临怅夕照，好景觅谁家？

（2013 年 10 月 13 日）

## 微博

憔悴风光客，凄凉百四裁[①]。
冬隆雪未降，虫蛰嗓先衰。
袅袅粉丝断，翩翩水军来。
默观潜海者，未解钓鱼台。

（2014 年 1 月 22 日）

【自注】①微博每条限发 140 字。

## 李娜澳网夺冠

一球网住万人心，腾闪击杀娘子军。
两度捧杯大满贯，三番决战最牵魂[①]。

（2014 年 1 月 25 日）

【自注】①李娜 2011 年、2013 年、2014 年三进澳网决赛。

## 索契夺两金

三马失蹄一马奔[①]，张扬红萼独先春[②]。
缘何激荡冬奥会？娇艳坚柔女儿身！

（2014 年 2 月 13 日）

【自注】①索契冬奥会短道速滑女子 500 米决赛，李坚柔因对手 3 人全部意外摔倒夺得中国首金。②索契冬奥会速滑女子 1000 米决赛张虹夺得中国速滑冬奥历史第一金。

## 昆明惨案[①]

惊闻昨夜血沾刀，廿九冤魂绕黑袍。
唯有穷追除渊薮，断无迟钝挽泣号。
现兔亡羊思良策，芟夷谫乱斩恶枭。
祭奠红烛燃恸绪，春城黯黯众心焦。

（2014 年 3 月 2 日）

【自注】① 2014 年 3 月 1 日，云南省昆明火车站发生一起由新疆分裂势力组织策划的砍杀事件，造成 29 人死亡、143 人受伤。

## 一落索 · 飞机何去[1]

杜宇呼归啼苦，飞机何去？起航一霎竟成谜，问黯夜、却无语。
厄运突来可圉[2]？海天羁旅。落霞隐隐乱东西，无语是、伤心处。

（2014 年 3 月 15 日）

【自注】① 2014 年 3 月 8 日凌晨 2 点 40 分，马来西亚航空公司 MH370 波音 777 – 200 飞机与管制中心失去联系，机上载有 239 人，其中有 158 名中国人。②《庄子 · 缮性》：“其来不可圉。”

## 观感动测绘人物颁奖典礼

豪情依旧尺弥新，量罢江山赤热心。
走遍神州洒血汗，英雄回首泪沾襟。

（2014 年 3 月 18 日）

## 飞机落海[1]

大洋汹涌骸痕稀，天绝末路地闭扉。

命系机悬三万仞，存疑匣堕一尺围。
同胞痛碎成齑粉，鼠辈轻薄怂魅魑。
沥血椎心沧海祭，滔滔雪浪没生机。

（2014 年 3 月 26 日）

【自注】① 2014 年 3 月 8 日失踪的马来西亚航空公司 MH370 波音 777 – 200 飞机坠入海中。

## 微信

介媒人自体，资讯聚珍盆。
微信别天地，朋圈幻旧新。
豪情煨雉水[①]，纤指拭昏晨。
应变随机动，朝夕道可闻。

（2014 年 4 月 8 日）

【自注】①指所谓“心灵鸡汤”。

## 玷水

黄弱危累卵， 江淮咽衷肠。
五湖瘦身窘， 三季断流惶。

天赧仍酸雨，　地惭又浊汤。
何涸北国脉，　谁玷我水乡？

（2014 年 4 月 27 日）

## 拔河

涉水摸石尚可行？拔河博弈辨雌雄。
霸王扛鼎乌江刎[①]，背水陈军战竟成[②]。

（2014 年 5 月 17 日）

【自注】①楚汉战争中项羽被刘邦打败后在乌江自刎。②《史记·淮阴侯列传》：“信乃使万人先行，出，背水陈。”

## 京城雨后

爽雨浇胸垒，轻风讶象新。
天蓝铺锦缎，云散绣绫纹。
一邑娇容焕，群机靓影频。
时光忽倒转，恍退卌年晨。

（2014 年 6 月 7 日）

## 甲午战争一百二十年感赋

舰船战火点戎机，黄海波红鼓角吹。
樯橹灰飞烟灭处，河山尝胆卧薪时。
百年梦魇难催醒，数代忧情易自持。
妙手神医偏借重，骨髓腠理试疗疾。

（2014 年 7 月 25 日）

## 中国广告博物馆开馆

红绫赤幔轩窗绯，仕女莹墙笑靥媚。
百载老槐梢洌露，十年一剑刃霜辉。
满怀锦绣凭肝胆，广告瀛寰任鼓吹。
月上琼楼天澄澈，蓝田沧海玉珠回。

（2014 年 9 月 20 日中国传媒大学）

## 夜逛小宋城

小宋沿袭大宋风，熙熙食肆冉冉灯。
铿锵豫剧方听罢，喜见汴梁皓月明。

（2014 年 11 月 2 日开封）

## 少年游 · 观实景演出《东京梦华》

梦华一瞬，皇宫埋没，巧手复新城。歌舞升平，千花夜放，汴水伴弦笙。

回眸觅，公卿将相，淘尽竟无踪。千古留声，阕阕绝唱，最是晓风情。

（2014 年 11 月 3 日开封）

## 记忆中的高仓健

硬汉柔情策骏追，飞扬手帕黄玫瑰。

远山呼唤余音袅，海峡隧道僻影锥。

（2014 年 11 月 18 日）

## 呼格吉勒图再审无罪

头断六千五百天，冤魂啾历十八年。

可悲迟到昭雪判，难挽草原小暖男。

（2014 年 12 月 15 日）

## 十一学校同窗喜相逢

岁月如梭两鬓霜，相逢不让当年狂。
依稀再现小鲜肉，还是那时好菇凉。

（2015 年 2 月 13 日）

## 戏仿侯君域外咏《年酒》

除夕异域逛琼楼，奇酿洋醴未入流。
躲进馆中翻箧底，天涯独饮二锅头。

（2015 年 2 月 18 日）

## “东方之星”轮湮没

炎夏忽轮没，旅人顷命休。
风急方惧雨，汛迫已惊秋。
万垄心田泫，一船骸骨遒。
长江水东去，世事逝悠悠。

（2015 年 6 月 7 日）

## 端午怀屈子

魂系汨罗江，舟发洞庭湖。
雄黄驱鬼魅，菖蒲辟淫毒。
圣道终肤浅，楚辞自谙熟。
千年却如故，又饮酒一壶。

（2015 年 6 月 20 日）

## 无题

无奈江湖箍桶般，有缘兄弟寻荫难。
长鱼出水芙蓉敝，犬矢包金皮面煊。
玉树临风怜影促，奇葩匝地叹脑残。
梦酣火盛粱熟否？凝睸苍穹乱云翻。

（2015 年 6 月 24 日）

## 一剪梅 · 股市

跌宕起伏线坠摇。屏上肃萧，楼上谁招？ 申江水漫罗湖桥。
牛又嗷嗷，熊又嗥嗥。
万众持筹烈日焦。股事遥迢，心事难调。大盘容易把人抛。

红了昨日，绿了今朝。

（2015 年 7 月 8 日）

## 西江月 · 土家族歌手雷淑敏演唱《龙船调》

清夜星光清冽，清歌流淌清泉。女儿城里唱龙船，刹那瑶台阆苑。

金锁玉镯脆迸，润珠荷叶晶圆。艄公扳舵妹开颜，改日河边再见。

（2015 年 8 月 7 日恩施）

## 观世界田径锦标赛

饼掷抢投跃跳高，黧黑闪电独头鳌。

绿茵赭道群英聚，喝彩穿云响鸟巢。

（2015 年 8 月 25 日晚鸟巢）

## 一汽大众奥迪工厂

流水拼接扣末毫， 交叉立体大车巢。
巧手神攻他山玉， 老树新枝卷汛潮。

（2015 年 10 月 6 日长春）

## 观奥赛赞女排

里约赛场耀珍珠，女将排坛赞何如！
胆战心惊难坐立，风驰电掣竞赢输。
阵列成城下山虎，榔头钢铁淬火炉。
凭仗胸中一口气，腾升凰凤涅槃殊。

（2016 年 8 月 19 日）

## 中秋

天阔清辉冽，云熟近堪摘。
调长疏擘画，句短费别裁。
满屏翻新沓，孤月照旧来。
可怜娟影缈，无处举杯醅。

（2016 年 9 月 15 日）

## 美国大选有感

朝野汹滂后，乾坤板荡中。
惊失花发妪，笃定白头翁。
左右突分袂，东西更转蓬。
勿云乱异域，骤雨洗寰瀛。

（2016 年 11 月 12 日）

# 卷五　惜因缘

# 卷五 惜因缘

## 清明甫过忽忆文成[①]

榕城谠论文章隽，犹记寿宁垄上行[②]。
马尾舟萦朋友汇，闽东车唠海山经[③]。
酒酣肝胆终天命，墨劲乾坤镌心屏[④]。
逾矩加塞先我去[⑤]，有诗忆念无文成！

（2010 年 4 月 13 日）

【自注】①吴文成（1959 ~ 2009），福建寿宁人，绰号“二黑”，先后在寿宁县报道组、福建青年杂志社、福建省政府外事办公室新闻处、福建有线电视台、福建广电集团总编室工作。②文成行文隽永；我曾应邀去过他的家乡寿宁。③ 20 世纪 80 年代曾与文成等夜宿马尾港一货轮之客舱，其时少年壮志、海阔天空。20 世纪 90 年代与文成等有闽东之行。④文成因患肝癌，2009 年 10 月 16 日早晨 7 时 31 分于福州逝世，终年 50 岁。文成书法俊朗灵秀。⑤文成小我一岁。

## 托托留英

曲苑风荷馥尚薰[①]，负笈旋即赴英伦。
计谋卅六行为上，学海孤帆旧觅新。
峭岭鹿鸣食翠野[②]，沧溟浪卷探迷津。
羡鱼莫若先结网[③]，山不嫌高海仰深。

（2010 年 8 月 7 日）

【自注】①吾儿托托 2010 年夏浙江传媒学院毕业，旋飞赴英国莱斯特大学攻读硕士。②《诗经·鹿鸣》："呦呦鹿鸣，食野之苹。"③托托所读专业为网络等新媒体。

## 博客达人[1]

白云苍狗久暌违，风采依然网上飞。
煮字谋篇腾睿智，宏观傥论现精微。
胸浇块垒兴华厦，笔吐繁花迓晓晖。
拥趸万千频点赞，廉颇未老仍烹炊。

（2010 年 11 月 4 日）

【自注】① 2011 年 11 月 4 日晚与《经济日报》诸友欢聚，座中有原《人民日报（海外版）》老总、人民网博客达人詹国枢兄。

## 晓晖赴美工作[1]

曾同秋牖观天下，敢遣离行上笔端？
百味杂陈萌百感，千帆过尽走千山。
修竹最是一竿秀，花后偏生万朵鲜[2]。
今日寰球能变小，东西来去指屈间。

（2010 年 12 月 26 日）

【自注】①王晓晖，资深媒体人。②牡丹花别称花后。

*2010 年 12 月 26 日陈节兄回复短信：贺晓晖赴美工作 同是江湖弄潮人，阑干东西鸡相闻，秀竹他乡婷婷立，天涯咫尺同学魂。

## 吊邱国立兄[1]

蚕丝吐尽惜春短，无雪寒冬去不还。
电子长空星恸坠，国防影苑片花鲜[2]。

（2011 年 1 月 18 日凌晨二时）

【自注】①邱国立，原中国电子音像出版社社长，余多年好友，2011 年 1 月英年早逝。②国立兄创作多部反映国防科技的纪录片。

## 演讲

风驰云涌若簧舌，三尺讲坛气韵活。
格物致知精剖析，巡征号脉细评说。
老胡岂止凭天运[1]，小饮亦能见酒格。
迤逦海滨堪品赏，徜徉掬浪且吟哦。

（2011 年 4 月 15 日深圳）

【自注】①中国企业联合会常务副理事长、老友胡欣新在发展壮大地理信息产业暨测绘蓝皮书研讨会发表演讲。此“胡”亦谐音“和”。

## 寄毛铁兄

忝列新一代，阳春恰遇逢[1]。
长安招地魄[2]，港岛育紫荆[3]。
煮字惺相慕，走穴辔并行。
欣然知天命，膝下有新婴[4]。

（2011 年 8 月 6 日）

【自注】① 1979 年高校同学筹办《这一代》，余结识毛兄，时为改革开放的“阳春”。② 1990 年余与毛兄在西安采访国家测绘局第一大地测量队，他撰有《大地之魂》。③毛兄多年在港编《紫荆》杂志。④毛兄五十喜得小女毛毛。

## 落华

吹花流水去难回，晚照偏生悯落晖。
太平路修太平渡，十一校友十一归[1]。

（2011 年 10 月 7 日）

【自注】①北京十一学校高中同班同学刘晓红女士 2011 年 10 月 1 日病逝，任斌同学嘱余写句以悼。余和晓红皆是北京太平路同一军队大院子弟。

## 西江月 · 和志良兄新词

梦笔生花才尽？幽思穿越逾边。鸣鞭酹酒度新年，如旧江山欲变。
好运当皈众志，佳酿未胜醴泉。纵然方寸系云天，难避爱神金箭。

（2012 年 1 月 23 日）

*志良原词：12 年春节有感 作于洞庭湖畔 千里奔驰有路，万斛归心无边。洞庭瑞雪忆当年，冷暖家乡巨变。　志缘学奉马列，无心解续海权。洋上风云诡连天，漫试龙泉一剑。

## 行香子 · 贺道儿获硕士学位

前岁栽桃，今岁成蹊。对寒窗、甘苦皆知。远勘清露，细履朝晖。焕苑中蕊，忙中我，云中谁？
家乡破五，英伦才醉。理行囊、振翼欲飞。方冠乍戴，笑语相随。忆书同读，道同悟，影同嬉。

（2012 年 1 月 27 日）

## 沁园春 · 悼念家父[1]

战斗青春，抗日枪声，浩气赴戎。见黄河砥柱，延安宝塔；平原游弋，山地纵横。身处营帐，心燃憧憬，跋涉如飞绑带轻。还知否，就粗纸毫管，曾系诗盟[2]。
天清地爽邦兴，又岂料阴晴半世惊。筑工程出塞，国防秘事，弹星襄赞，快意平生[3]。板荡十年，夜郎迁贬，重返京华凭邓公[4]。夕阳晚，谛家国万事，号角声声。

（2012 年 2 月 12 日）

【自注】①家父徐明（1919 年 9 月～2012 年 2 月），一生从戎，2012 年 2 月 12 日 18:45 心脏停止跳动，19:15 病逝于北京 301 医院西院南楼心一科一病区 13 病室，终年 93 岁。②家父抗日战争时期为田间、魏巍等诗人组成的“晋察冀诗派”成员。③ 20 世纪“三年困难”时期，家父在西北戈壁滩的解放军特种工程指挥部（7169 部队），参加原子弹试验场和导弹综合试验靶场工程建设。④“文革”期间的 1970 年初，家父及全家贬迁贵州，1973 年底赴南京，邓小平主持军委工作后，1975 年 11 月回京。

## 读《弱者的胜利》[1]

犹记当时淑女妆，欢颜快语掩愁肠。
今天忙碌挖残卷，昨夜恸哀撰断章[2]。

泣血锥心花一瓣，臧朋否友泪万行。
敦煌白发大洋客[3]，灵感哲思赞徐娘。

（2012年4月10日）

【自注】①②《弱者的胜利》，系高尔泰为徐晓著《半生为人》所写新版序言，《半生为人》载有回忆亲友文章。徐晓曾在《今天》编辑部工作。③高尔泰曾在敦煌工作，后客居美国。

## 大圣乐·阿黄召宴乔兄一家，余作陪，时京华骤雨

一干同窗，半轩疾雨，秋掠春梭。知远天、鸿雁翱翔，红果坠滑黄草，霜重凉多。浅斟低酌休忆往，漏船荡、无常生暗波。轻颔首，恍青葱岁月，倩影婆娑。
苍烟落照独乐，懒看那、销金携艳娥。是境迁心静，东篱菊隐，弦管清歌。贱贵烟飘，功名倏逝，争奈皆由时命呵。休眉锁，问韶光去了，还想什么？

（2012年9月1日）

## 风入松·宁津生院士八十寿辰

珞伽南麓晚霞红。气象恢宏。高山流水牵心处，品瀛寰、

岁月匆匆。争绽满天桃李，岿然一代师宗。
躬身量测喜相逢。情义弥浓。星移地引权轻重，携矩规、大地独钟。湖畔无暇垂钓，江边且谛涛声。

（2012 年 10 月 18 日）

## 江城子 · 贺石建华六十寿

神清气爽忆华年。牡丹繁，大河宽。笑对樽前，耳顺已忘言。云水苍茫鸿翅劲，歌万阙，走千山。
豫霜应点鬓云斑。驾骖鸾，梦连环。说与东风，菊采等闲间。万径萦回归罗马，祈锦绣灿中原！

（2012 年 11 月 26 日）

## 吊徐景来兄并怀八十年代

峥嵘气象再萦怀，联手当年颂俊才[①]。
乍奏华章雷雨顺，屡出妙手雾云开。
呕心沥血惟行九[②]，击鼓传花尽小开。
静觑风云徐翻转，痛惜不复胜景来。

（2012 年 11 月 13 日）

【自注】①中国气象科学院退休干部徐景来因病2012年11月12日辞世，享年67岁。1983年余与景来兄联手为央广采写气象专家雷雨顺系列报道。②“文革”期间称知识分子为“臭老九”。

## 满江红·清明八宝山扫墓

家在京华，又到了，清明寒食。薄云晦，阴晴穿雨，阴霾狼藉。塞北江南随波去，碑墙渐觉拥臃密。叹流年、冬去又春来，天乏力。

庭院静，长相忆。无语处，翔思翼。掬心香一瓣，敬祈安息。诗句悄吟默诵也？慈颜如在目前系。且回眸、云开雨霁后，平芜碧。

（2013年4月4日）

## 夜宴白云山[①]

雨潺山阒阁台朦，沸水燃灯老友逢。
牖外林黑夜话短，松枝竹影霭流中。

（2013年7月28日夜）

【自注】①得句追记2012年冬震澎兄召宴白云山。

## 点绛唇 · 郭崎日前老故事餐厅召宴同窗填奉小令

艀泛北欧，小舟偏好西风大。孤帆升落，寂寞天涯客。
云淡星疏，故事高朋坐。还知么，满斟齐和，共忆月圆硕。

（2013 年 8 月 23 日北京）

## 殢人娇 · 少年记忆

幼稚发蒙，偏遇弗离乱界。抛书袋、撒欢何碍[①]。苍黄如晦，竟该来应在。新笋破，雷轰雨泼无奈。
大院号声[②]，夜郎姿态[③]。钟山下、水云凝黛[④]。核桃林里，幸忝青青子佩[⑤]。蹦一粒赤心，至今携带。

(2013 年 11 月 9 日）

【自注】①小学二年级“文革”爆发。②幼时在京郊军队大院。③ 1970 年赴黔近四年。④ 1973 年至 1975 年在南京。⑤ 1978 年春考入北京广播学院。

## 菩萨蛮 · 戴占军新作读后[①]

写了绮丽拍清秀，神机彩笔芙蓉扣。霜鬓难忘情，兰溪烟雨濛[2]。

豪拥关外雪，轻挑昆仑月。联袂探天机，风云观本溪[3]。

（2014 年 3 月 3 日）

【自注】①戴兄新赠随笔摄影集《红袖谁与摇》、《行走也是一种生活方式》、《关外长镜》。②书载《红袖谁与摇：兰溪烟雨的最后记忆》，背景余略知一二。③书中提及 1992 年戴兄与余赴本溪写作《拯救与命运》。

## 宴清都 · 威威叹[1]

地僻无钟鼓，守门侧，夜长偕主同度。文起毫末，形翩暗雪，洒窗填户。十年守虔东书，胜过那、千俦万侣。始信得、贫贱难移，昂然自立须赋。

讵知未告而别，徽弦乍断[2]，悲音先苦。湘南月夜，京东暮草，梦魂飞去。恍忽又送村头，抬望眼，频移旧处。更久长、不见威威，归时认否？

（2014 年 3 月 17 日）

【自注】①余读美成长调，忽念于君建嵘咏之画之爱犬威威，遂步韵叹矣。②琴上的徽和弦。

## 悼藏族司机多吉

油尽机停草婆娑，云垂岭寂谛哀歌。
高原游弋谁为伴？转世重来乘尔车。

（2014 年 3 月 19 日）

【自注】① 西藏测绘局驾驶员多吉，2013 年 6 月 25 日在那曲地区安多县唐古拉山火车站附近野外作业时突发疾病，以身殉职。余 2000 年赴藏时乘多吉所驾车，在前后藏采访半月余。

## 读于建嵘《父亲的江湖》

有材惟楚麓枫红，为盛于斯见峥嵘。
状况劳工寻矿脉，变迁村落数晨星。
江湖磊落家园怅，肖像悲伤赤子情。
白覆黑涂支画架，钩图筹策绘衷诚。

（2014 年 3 月 30 日）

## 静之湖访占军兄

卅年诗酒浪神州，旋为春花摄镜头。

幽院山居犹瑞事，观音滴水绽明眸[①]。

（2014 年 4 月 6 日京北静之湖）

【自注】①占军兄家养滴水观音开花状似观音菩萨，“显灵”了。

## 八宝山家祭

八宝山前柳絮轻，骨灰墙上馥香萦。
忽然滟滟春光至，柏碧松青杜宇鸣。

（2014 年 4 月 7 日八宝山革命公墓）

## 一落索 · 母亲节读于建嵘《母亲》

眉共远山曾秀，于今长皱。欲将枯泪润新枝，云匮雨、泉饥瘦。
乌字素纨箍首，天长地久。忽然彩寡白黑稠，无限事、画中有。

（2014 年 5 月 11 日）

## 读丁彬《后山水图像研究》

搓皴泼洒制图笺，蕞尔凹凸广大悬。
酷笔遥感方寸里，神游寰宇地天间。

（2014 年 6 月 17 日）

## 读呼延云推理小说《黄帝的咒语》

寻踪贝克仰师宗，难忘尼河波洛雄。
草帽凄歌惊人证，臆猜亡殁看后生。

（2014 年 6 月 18 日）

## 读朱凤喜《远山的回声》

戎衣测校笔神通[①]，揽胜乘桴兴未穷。
昨夜卷中行万里，华章最喜故乡风。

（2014 年 6 月 18 日）

【自注】①凤喜兄从测绘部队转业到郑州测绘学校工作。

## 石州慢 · 读张飙《甲午一百二十年祭》

寒水依痕，白浪去回，黄海辽廓。倭舟燃点狼烟，北洋百船凛发。天涯旧恨，万众将士英魂，刘公岛外波躯叠。百廿大潮汹，甲午来时节。

情切。神凝轩闭，笔舞东风，墨迸涛雪。挥写灵前祭语，风前星月。万字千幅，阵列赫赫巍然，诤言警策向天说。巨制镌瀛寰，与衰靡揖别。

（2014 年 6 月 29 日）

## 读《薛飞自述》

荧屏播报风华隽，多瑙河边旭日黄①。
岂有冥冥天数定？偏生鸿雁自翱翔。

（2014 年 7 月 28 日）

【自注】①薛兄曾拍摄电视剧《多瑙河 · 黄太阳》。

## 瑞鹤仙 · 观黑白于建嵘油画作品展

峡江奔众峤。蒿扁舟一叶，披蓑垂钓。卅年断肠草。数落英纷坠，水光孤鸟。千寻远眺，云妖娆、霜天缥缈。似秋风、四处煽情，落叶遍山烦恼。
名噪。酱靡秘制，拌面香驰，友朋喧扰。阴阳犄角。涂幅富，著文少。遣高山流水，伤心布上，添简黑深白窈。又秋凉、纵笔东书，寄情夕照。

（2014 年 10 月 11 日）

## 水龙吟 · 戴家宴

同窗餐聚北山，苍髯未觉霜颜老。茄香独具，辽参正道，牛尾味妙。碗贵盘娇，箸珍樽秀，主人格调。更倾出旧酿，觥筹交错，刘伶莅、醺风嫋。
难忘青春年少，核桃林、相从甚早。栉风沐雨，披星戴月，依然丰貌。问讯东篱，千峰万岭，故人齐啸。待寒梅开了，山深岁晚，寸心才表。

（2014 年 11 月 29 日京北静之湖）

## 贺升民兄六十大寿

岭南稚子赴京都，秋实冬雪共聆书。

西去尘绝古道远，东瀛笈负早樱疏[1]。
滥觞细脉才开阔，广告周知亦晏如。
元日蓝天逢耳顺，精神抖擞再征途。

（2015 年元旦）

【自注】①大学同窗黄升民兄曾在央视拍摄纪录片《唐藩古道》，后赴日留学。

## 海之心[1]

万顷汪洋万古奔，惊涛卷涌岛礁峋。
长鲸破浪久开阖，疾鸟划波时吐吞。
宏文卷秩宣正道，碧海丹心系乾坤。
沌浑变幻风如寄，脉动潮汐莫测云。

（2015 年 4 月 24 日）

【自注】①《中国海洋法学评论》创刊十周年，小诗敬呈主编傅崐成教授贺之。

## 白猫 Marco 走了

长伴宅家十四年，春花秋月杳如烟。

喵声婉脆圆睛碧，若雪绒团去复旋。

（2015 年 4 月 28 日）

## 悼朱幼棣[①]

下塌刘汪立敞轩，湖漪心漾共流连[②]。
大国医患真无药？ 怅望山河棠棣湮[③]。

（2015 年 6 月 5 日）

【自注】①惊闻原新华社记者朱幼棣 2015 年 6 月 3 日仙逝，诗以悼念。 ②早年我与朱君一起在杭州刘庄、汪庄开会。③《大国医改》、《无药》、《怅望山河》均为朱君近年著作。

## 王宏源增订《康熙字典》

十年寒暑问行藏[①]，源薮煌煌架津梁。
凭码驱机三万字[②]，梦圆陶铸赖瀚堂[③]。

（2015 年 10 月 9 日）

【自注】①王宏源先生以十年之功、一己之力完成《康熙字典》增订版。②王版《康熙字典》增加新字三万个。③增订者完成此书全赖“瀚堂典藏数据库”。

## 悼念陈潮先生[①]

新邮指疵变珍藏[②]，塘坳协襄东史朗[③]。
绘就坤舆千万卷，大师仙逝恸图殇。

（2015 年 10 月 14 日）

【自注】①地图学家、原中国地图出版社副总编辑陈潮先生 2015 年 10 月 9 日逝世，享年 86 岁。②陈潮先生“文革”时曾指出“全国山河一片红”邮票存在未刊南海诸岛等错误。③陈潮先生找出民国南京高院门前有水塘的老地图，为日本老兵东史朗南京大屠杀回忆提供有力佐证。

## 悼念周正先生

台前黄吕震八荒，幕后挚爱践五常[①]。
一代名伶遽然去，百声莫赎君子腔。

（2016 年 1 月 27 日）

【自注】①周正侍候病瘫妻子十八年，使她奇迹般重新站立。

## 浣溪沙 · 两天连续出席同学之女、邻居之子婚礼

两对新人酒叠杯，成双婚礼茂花堆。朝霞早露竞相随。
蓓蕾琼葩芳锦苑，繁星仙境映楼台。联翩喜气排闼来。

（2016 年 5 月 21 日～ 22 日）

## 七月四日为大学同窗杨建军六十一寿辰，乃作贺诗

同窗携手掠校门，耳顺还寻往岁春。
木牖竹林居有迹，雪泥鸿爪了无痕。
仙茶白酒三杯酽，野老红颜百笑频。
风雨此生未嫌少，自烹寿面自吐吞。

（2016 年 7 月 4 日）

## 题占军兄摄《我的生日花》

人生四季花，桃李续荷发。
丹桂袭馨馥，老梅绽峻崖。

（2016 年 7 月 14 日扬州）

## 悼吴大千

蓦地凄风赤叶旋，无常刹那挥弹间。
卅年识往哀魂缈，碧海秋山忆大千。

（2016 年 10 月 5 日昌黎黄金海岸）

## 雨中花 · 2016 中国感动测绘人物宁津生[1]

地下重心岭下露，叹多少春来秋去。桃李蹊旁，珞珈山麓，三尺讲台处。
计程岂惜天涯暮，只须看鸾翔凤翥。暖暖夕阳，熙熙大地，老树巍然驻。

（2016 年 10 月 28 日）

【自注】①宁津生，大地测量学家、中国工程院院士、武汉大学教授。

## 雨中花 · 2016 中国感动测绘人物陈建国[1]

不厌楼山层叠矗，看胜景西湖边驻。经纬浙江，神机小镇，生面别开处。
蓝图囊括江潮怒，捻针线绣功偏慕。笑看波涛，稳操航舵，帆樯迎风渡。

（2016年10月28日）

【自注】①陈建国，时任浙江省测绘与地理信息局局长。

## 雨中花·2016中国感动测绘人物马超[1]

海内旆旌海外竖，廿七载有如神助。奋蹄扬鞭，南方神器，勒马萧萧处。
单车一驾岭南路，蹬出了传奇掌故。愿景接天，雄图匝地，智造慨然赴。

（2016年10月28日）

【自注】①马超，南方测绘集团创始人兼总经理。

## 青玉案·南宁欢聚发小顾明伉俪

南国细雨牵思线，又遇见、双飞燕。今日邕城冬初唤，双双犹在，青山繁树，宁静江桥畔。
相识少小温书伴，岁月峥嵘鬓霜染。卸甲抛锚芳草岸，花谁人赏，酒谁人劝，醺也谁人管？

（2016年11月10日南宁）

# 卷六　悠天下

# 卷六　悠天下

## 天方诗谭

欧东亚西世堪奇，海峡两岸宇逶迤。
呼愁伊斯坦布尔[①]，叹媚博斯普鲁斯[②]。
当年煊赫奥斯曼，今日寥廓土耳其。
拜占庭残垣犹在，清真寺柱仰天倚。

（2010 年 3 月土耳其伊斯坦布尔）

【自注】①“呼愁”，土耳其语忧伤之意。土耳其诺贝尔文学奖获得者帕幕克所著《伊斯坦布尔》有《呼愁》一章。②博斯普鲁斯海峡分隔欧亚两洲，风光明媚。

## 海法抒怀

犹太拓疆六十载，楼阁山海小蓬莱。
先知以利亚翁叟[①]，耶圣拿撒勒小孩[②]。
共产农庄遍野布[③]，空中花苑逶迤来[④]。
只身劈浪地中海，千年沧桑入我怀。

（2010 年 3 月以色列海法）

【自注】①海法迦密山有先知以利亚擒魔遗址。②海法附近拿撒勒镇为耶稣年幼生长地。 ③以色列“基布斯”等共产农庄遍布田野。④“空中花园”为一宗教组织在海法加密山修建的著名景观。

## 死海漂浮

仰空卧水未足奇，坐底瀛寰号唯一[①]。
万物岑寂盐单调[②]，千年涤荡史随机。
肉身未堕浮波面[③]，魂窍无邪踏天梯。
沧海桑田难却事，生生死死必答题。

（2010 年 3 月以色列死海）

【自注】①死海位于海平面下 410 米世界最低点。②死海中盐等矿物质含量高达 32%。③人入死海可自然漂浮。

## 耶路撒冷

叹为观止谒斯城，历史断层万千重。
宗教大三纠葛地，信徒洲五叩朝行。
哭墙犹太频垂泪[①]，苦路基督总系情[②]。
屹立比肩阿克萨[③]，何时白羽替刀锋？

（2010 年 3 月 22 日耶路撒冷老城）

【自注】①哭墙，耶路撒冷老城遗存的犹太教建筑废墟。②苦路，耶路撒冷老城遗存的耶稣受难的十四处景观。 ③阿克萨寺，与哭墙比肩而立的伊斯兰清真寺。

## 莱斯特

秋色学园且拈花，楼馨草缓育娇娃[1]。
蜂拥莱邑插洋队，心系飞鸿望中华。
山水寻常拌赤碧，街区时或见印巴[2]。
睐观斯间无殊处，熟稔经年也似家。

（2011 年 9 月 2 日英国莱斯特）

【自注】①莱斯特大学有不少中国学子。②当地有不少印巴裔人士。

## 雨中湖区

烟瞑水缈细雨稠，云促鸥翔鹅伴悠。
兔唤彼得饶幼趣[1]，楼砌石砾泛清幽[2]。
温得米尔婀身段，华兹沃滋啭诗喉。
天赐英伦后花苑，五十佳处册中留[3]。

（2011 年 9 月 3 日英格兰温德米尔镇）

【自注】①波特小姐的彼得兔童话创作于湖区。②温德米尔镇多幢数百年前小楼以湖中砾石砌墙。③湖区获选全球五十个最值得一游之地。

## 格拉斯哥之夜

云垂星蔽违琼华，绿女红男竞焕发。
城造钢船崛海域①，士摇裙摆踱闲暇。
古钦大腕司各特，今赞达人苏酷妈②。
地久天长韵味久，擦肩摩踵闹星吧。

（2011 年 9 月 3 日苏格兰格拉斯哥）

【自注】① 19 世纪格拉斯哥成为造船及钢铁钢铁工业中心，以及苏格兰最大城市。②作家司各特、英国达人秀歌手苏珊大妈均出于格拉斯哥。

## 爱丁堡城堡

古堡巍然寄梦寻，石墙壁垒却销魂。
秋风万里逍遥客，楼阁层叠漫步人。
加冕石墩托运命①，落花土地殁王孙。
相逢何必曾相识，呜咽风笛入几门？

（2011 年 9 月 4 日苏格兰爱丁堡）

【自注】①苏格兰国宝“命运之石”现藏于爱丁堡城堡。

## 苏格兰高地

心系高原记此诗[1]，云低岭峻路崎岖。
凄迷衰草牛羊缀，凛冽湖波鱼鸟稀。
潭黯暝深藏怪兽[2]，谷雄峡峙蕴神奇。
腾云驾雾师刍狗，仰止高山谛风笛。

（2011 年 9 月 5 日苏格兰高地）

【自注】①余早年尝读苏格兰诗人彭斯《我的心啊，在高原》。②尼斯湖传说有水怪。

## 伦敦

堂皇气象簇雍容，百万楼台露霭中。
八卦曝光白金汉，独裁匆响大本钟。
西敏新教兴千业，博馆皮藏惠万通。
城眼摩天云絮绕[1]，泰晤士水逝淙淙。

（2011 年 9 月 7 日英国伦敦）

【自注】①摩天轮名“伦敦眼”。

## 进二宫

白厦巍峨威敏拔，两宫踱步饮咖茶[1]。
辩激谛绿下决断，抚冠观红上细察[2]。
帷幕未掩妃笑靥，回廊彰显画嘉佳[3]。
大本鸣确缘调校，后苑荣繁赖嫩丫。

（2011 年 9 月 7 ～ 8 日英国伦敦）

【自注】①余分两日赴威斯敏斯特宫旁听论辩并饮下午茶，赴白金汉宫参观并喝咖啡。②英国国会下院座席绿色，上院座席红色。③白金汉宫内展出凯特王妃婚纱和大量藏画。

## 婚礼小镇

艰难跋涉去他邦，成就姻缘善法良[1]。
祈祷闺中勤嫁女，祝福光棍快新郎。
一名铁匠牵红线，千万情人不断肠[2]。
小镇偏能成大事，吉祥见喜证婚忙。

（2011 年 9 月 10 日苏格兰 Gretna Green）

【自注】① 18 世纪中期以来，许多情侣私奔至位于英格兰、苏格兰边界的苏格兰小镇 gretna green 结婚。②小镇一铁匠开创婚庆事业繁衍至今。

## 巨人之路

擎天四万柱石林，岬角绵延列海滨[①]。
妙手神功搭积木，巉岩热液筑奇珍。
天荒地老风情隽，摄魄夺魂气象森。
填海凿山排战场，巨人蹀躞路留痕[②]。

（2011 年 9 月 11 日北爱尔兰贝尔法斯特）

【自注】①北爱尔兰三万七千根石柱组成贯恩茨考思角，延伸至大西洋，形成绵延数千米的“巨人之路”奇观。②传说远古时代爱尔兰巨人要与苏格兰巨人决斗，开凿石柱，填平海底，铺成通向苏格兰的堤道，后堤道被毁，只剩下现在的一段路。

## 忆秦娥 · 海外中秋

中秋夜，苍空密雨云遮月。云遮月，岸崖如削，相思如曳。迎风凭海听涛咽，天涯咫尺从容越。从容越，佳节同悦，恭揖同谢。

（2011 年 9 月 12 日北爱尔兰贝尔法斯特）

## 都柏林

白云苍狗伴奇谭，异域都城小住闲。
此日徜徉三一院，当年困惑九一三[①]。
汝值老矣诗章短，尤利西斯卷帙繁[②]。
入夜酒吧听乐奏，黑啤海浪共嚣喧。

（2011 年 9 月 13 日爱尔兰都柏林）

【自注】①余参观爱尔兰三一学院之日，正值“九一三事件”四十周年。②爱尔兰诗人叶芝名作《当你老了》全诗仅十二行。爱尔兰作家詹姆斯·乔伊斯的长河小说《尤利西斯》约合中文 100 多万字。

## 莫赫悬崖[①]

崚嶒睥睨碧琼翻，壁立千嶂渺鸥旋。
斧砍剑削堆卷册，颓兵废堡静山川。
风吹浪打层岩密，壳变崖蚀岁月宽。
队列崔嵬惊遐迩，无伦胜景睐天然。

（2011 年 9 月 14 日爱尔兰高维）

【自注】①莫赫悬崖在爱尔兰岛中西部的最边缘，面向大西洋。

## 约克饮茶

悠咂秀色绿红黄，细碗精壶飨胃肠。
才怨英伦食嚼蜡，又夸贝蒂盏添香[①]。
迢遥远袤遗垣堵[②]，蓝筚山林启异邦[③]。
暖日茶炊熙沸处，秋光风物一室尝。

（2011 年 9 月 16 日英格兰约克）

【自注】①约克贝蒂茶楼全英驰名。②《史记 · 蒙恬列传》：“秦已并天下，乃使蒙恬将三十万众北逐戎狄，收河南。筑长城，因地形，用制险塞，起临洮，至辽东，延袤万余里。”约克遗留罗马统治时城墙，修筑时间在秦长城之后不久。③纽约号称以约克为蓝本兴建。

## 泛舟剑桥

细水清流览镜徊，一篙撑烈晚秋来。
岸边老树飘黄叶，花隙小楼育俊才。
履剑负笈虹彩绚，击流荡桨板桥乖。
经年八百巢飞凤[①]，来去轻舟岂易哉[②]？

（2011 年 9 月 20 日英国剑桥）

【自注】①英国剑桥大学（University of Cambridge），创建于 1209 年，共有 90 名诺贝尔奖得主现在或曾经在剑桥大学学习或工作过。②徐志摩《再别康桥》：“轻轻的我走了，正如我轻轻的来。”

## 漫步巴斯

风梳树髻佩花环，小巧玲珑意态闲。
罗马汤池千载沸，教堂烛火百年燃[①]。
环形广场才惊艳，新月楼群又忘还[②]。
三拱桥观河畔景[③]，皇园草地负秋暄。

（2011 年 9 月 23 日英格兰巴斯）

【自注】①公元初罗马人在巴斯兴建温泉浴室，余脉至今。巴斯大教堂五百年前重建。②约翰·伍德父子设计著名建筑圆形广场与新月楼群。③普尔特尼三拱桥坐落于雅芳河上。

## 温莎城堡[①]

长天辽阔古楼雄，绿野苍茫枫树红。
岁月风干王室事，石墙伫刻戈兵行。
千张藏画描青史，万种珍奇耀继承。
谁道行宫湮记忆，时光荏苒未尘封。

（2011 年 9 月 25 日英国温莎）

【自注】①温莎城堡位于泰晤士河南岸小山丘上，距伦敦近郊约 40 公里，是一组花岗石建筑群，气势雄伟，挺拔壮观。1070 年由威廉一世初建，19 世纪初，乔治四世大规模改造后基本达到现在的规模。

## 海德公园

林涛树海漾楼台，广被德泽信步徘。
禁路封园违潮逆，开扉敞户顺势回[①]。
早年乍悉演说角，当下皆出众意牌。
履步名园蓄愿久，卅年小径嗅花来[②]。

（2011 年 9 月 26 日英国伦敦）

【自注】①海德公园初为皇家禁园，后向市民免费开放。② 1979 年余初闻海德公园之名。

*陆彩荣兄读此诗后 2011 年 10 月 1 日上午发来短信：周游列国觅诗情，咏景抒怀叹海清。思接千载扩胸襟，意连万邦状比兴。

## 多伦多

风唱春旋律，湖聆和浪波[①]。
塔高逼霄壤[②]，枫翠舞婆娑。
嘉善弗拿大，和谐自元多。
悠居趋碧野，首邑薄笙歌[③]。

（2012 年 5 月 23 日加拿大多伦多城）

【自注】①多伦多依傍安大略湖。②加拿大国家电视塔为多伦多象征。③多城市民喜居郊外。③多伦多为加拿大第一大城市。

## 满江红 · 观尼亚加拉大瀑布

翻覆腾挪，直教那、冰川退却[1]。开生面，伟岸壁削，激浪狂泻。绫缎精神万匹擞，珠帘泠冽三重界[2]。况彩虹桥悬两邦间[3]，云霓悦。
霹雳震，惊涛烈。肝胆栗，天庭裂。堕如许琼玉，经年霜雪。造化神工无伦比，浮世奇迹有形镊。就任他地老与天荒，心真切。

（2012 年 5 月 14 日加拿大尼亚加拉市）

【自注】①一万年前冰川消退，尼亚加拉瀑布出现。②尼亚加拉瀑布共有三个。③尼亚加拉河为加拿大、美国界河，有彩虹桥架设。

## 魁北克城

峭壁巍城堡，长河汇大洋[1]。
欧风登新[2]陆，北美屹旧墙[3]。
男女暄芳草，马车过教堂。
难得异域憩，漫步携思翔。

（2012 年 5 月 15 日加拿大魁北克城）

【自注】①圣劳伦斯河流入大西洋。②魁北克是北美最具欧洲色彩的城市。③魁北克保留 18 世纪所建旧城。

## 蝶恋花 · 温哥华

迢递蕙风吹枫叶。云城嵯峨[1]，五月千峰雪[2]。欲与杜娟同绽谢，那堪快旅轻言别。
莫道心潮容易辍。只恨幽思，不谙稍消歇。无字羽书逐浪折，海天万里皎洁月。

（2012 年 5 月 16 日加拿大温哥华）

【自注】①温哥华简称“云城”。②温哥华海岸山脉五月峰峦复雪。

## 蝶恋花 · 布查特花园

岛上琼苑君知否？流丽袭芳，巧夺天工手[1]。鹃腴樱矜竹却瘦，郁金香溢青枫秀。
始信桃源非虚构，百载兴园，花神频颌首。虹闪蛙泉赞姝叟[2]， 藏诸山海功不朽[3]。

（2012 年 5 月 18 日于加拿大不列颠哥伦比亚省维多利亚市）

【自注】①布查特花园为加拿大不列颠哥伦比亚省维多利亚市最著名的代表性花园，用一个废弃的采石场改建。②珍妮·布查特和罗伯特·皮目 · 布查特夫妇是花园的创始人，星池设青蛙喷泉，青蛙是布查特先生最喜爱的动物。③司马迁《报任少卿书》：“仆诚以着此书，藏诸名山，传之其人，通邑大都，则仆偿前辱之责，虽万被戮，岂有悔哉。”

## 采桑子 · 乘阿联酋航空 A380

宵飞去作汪洋客，侣雁行云。万里烟尘，晓梦醒来湾岛临。
鲲鹏垂翼重霄九，海润天亲。星隐波平，静谧中途去国人。

（2013 年 5 月 4 日阿联酋迪拜机场）

## 青门引 · 拉各斯

滩岸潮纷涌，天悯芳草惊悚。仄街蝼蚁陋屋臃，黝面白牙淡定。
阿非利加西照红，知否城残，如是患何病。忽停骤雨悬彩虹，手鼓击梦醒。旁观别样风致，万物头颅顶。

（2013 年 5 月 5 日尼日利亚拉各斯）

## 阿布贾

穆寺耶堂峙两峰，玲珑有致木花荣。
尼国驱骋八千里，不睐宏都喜小城。

（2013 年 5 月 6 日尼日利亚阿布贾）

## 格若纳瀑布

潋滟白龙漫赭岩，芒林掩映有洞天。
游人不屑踏足处，细水幽泉汇成川。

（2013 年 5 月 6 日尼日利亚尼日尔州）

【自注】①格若纳瀑布属尼日尔河流域，是尼日利亚最大的瀑布，位于尼日尔州境内。

## 阿布扎比大清真寺

唤礼高昂耸碧空[①]，拱圆穹顶玉琼宫。
虔求纯净脱凡骨，肃浣清流涤世情。
阔殿金辉夺异彩，无瑕白璧胜天工。
诵经祈祷长袍逸，美奂美轮引众生。

（2013 年 5 月 9 日阿联酋阿布扎比）

【自注】①宣礼塔又叫唤礼。

## 迪拜

大漠荒沙久不鸣，忽然奋起倏闻名。
一枝棕间舒洋面[①]，几个禽雉踱殿宫[②]。

奢侈楼帆扬碧海，摩天巨塔壮豪情[3]。
骑鲸昂首披波浪，半岛湾南胆气雄。

（2013 年 5 月 10 日阿联酋迪拜）

【自注】①棕榈岛，阿联酋迪拜人工打造的棕榈叶形状的岛屿。②迪拜皇宫草坪上有几只孔雀。③迪拜拥有世界上第一家七星级帆船酒店和世界最高的建筑“哈利法塔”。

## 索菲亚城

群山环绕绿婆娑，翠谷高天废剑戈。
挺飒少年身似树，窈窕靓女眸如波。
教堂沉郁留陈迹，吉他激情伴劲歌。
小住索城三两日，玫瑰花语蕴香多。

（2015 年 5 月 17 日保加利亚索菲亚城）

## 教堂[1]

城街漫步意何如？千载教堂屹若初。
东正堆石陪罗马，清真砌壁伴耶稣。
关山雨雪拂枝叶，半岛风云诵圣书。

礼拜虔音婴洗礼，唱诗宏阔不相疏。

（2015 年 5 月 17 日保加利亚索菲亚城）

【自注】①公元前 1 世纪，索菲亚曾先后为罗马帝国和拜占庭的要塞城市，公元 2 世纪建造的圣乔治教堂和 4 世纪初建造的圣索菲亚教堂留存下来。

## 国际测量师协会（FIG）工作周

五洲男女竞登台，脉续百年老号牌。
摄地飞天量境界，含山咀水绘情怀。
鼓汉舞娘旋不断，息潮网浪涌未来。
智慧女神颔首赞①，满城花艳为谁开？

（2015 年 5 月 18 日保加利亚索菲亚城）

【自注】①索菲亚原意为智慧女神。

## 维托沙山

峭仞缠云市景收①，雪巅碧岭橡林幽。
摩天翠叶春犹浅，匝地圆石瀑未休②。
熊迹已无皇队狩③，矫姿偏与相机留。

千巡轻步嗔飞鸟，任性山中逸趣稠。

（2015 年 5 月 19 日保加利亚索菲亚南郊维托沙山）

【自注】①维托沙山位于索菲亚南郊，站在山上市容尽收眼底。②维托沙山有一条泥石流形成的“石河”，浑圆的巨石从山顶直泻山腰。③山上曾建有沙俄皇家别墅。

## 晨骑

小队轻骑日欲薄，穿林掠草细摩挲。
庭园荫树循弯路，曲径通幽踏爽车。
两肋生风风生势，双轮疾旋旋逐波。
索城畅啸歌一曲，放胆遂心下陡坡。

（2015 年 5 月 20 日保加利亚索菲亚城）

## 普洛夫迪夫城

踱步春街暖意稠，小城故事费淹留。
尘埋罗马剧台阔，琴奏复兴乐律悠。
石路凹凸妨蹑屐，目光扫瞄免登楼。
玫瑰吐艳娇幽院，罕见少年尽白头[①]。

（2015 年 5 月 21 日 保加利亚普洛夫迪夫城）

【自注】①城中老年人多，年轻人少。

## 巴奇科夫修道院[①]

隐屹千年拜谒迟，石楼磊落柳成丝。
深山密树孤独路，飞瀑墨扉冷僻祠。
世外清溪清可鉴，卷中奥义奥偏宜。
穷经皓首常堪恨，倏度流年怅此诗。

（2015 年 5 月 21 日 保加利亚阿塞诺夫格勒市）

【自注】①巴奇科夫修道院始建于 1083 年，位于察普勒拉河（Chepelarer Rive）右岸，是欧洲东正教最大最古老的修道院之一，体现了拜占庭（Byzantine）文化、佐治亚（Georgian）文化以及保加利亚（Bulgarian）文化三种风格相结合并融合的现象。

## 浣溪沙·第一家星巴克店

仄店港船映晚霞，慕客盈门笑声哗。埋单百载数他家。
品透一杯香脾肺，燃烹环宇沁迢涯。燎原星火未虚夸。

（2015 年 9 月 10 日美国西雅图）

## 菩萨蛮 · 波音飞机工厂

轰鸣欲共天端语，鲲鹏腾起无穷数。白絮却低回，一去还复来？

百年多巧匠，铁鸟屡新样。妙手遣沙鸥，御风四海游。

（2015 年 9 月 11 日美国西雅图）

## 鹧鸪天 · 微软

独占鳌头岂偶然，卅年遍历浪滔天。微机辟牖结宾客，网海中枢立风帆。

萦楼圃，揽人尖，咖清屏闪费机玄。微言彼岸传宏旨，软水轻澜破万山。

（2015 年 9 月 11 日美国华盛顿州雷德蒙德）

## 满江红 · 黄石国家公园

群脉巍巍，看漫岭黑松阵立。渐翠谷、彩池如鉴，柱泉喷急。万斛奇峰飞堕此，傍流千丈绚黄壁。撼洪荒、地火灼天雷，谁人识？

山凹润，丛林湿。飞瀑泻，秋霜滴。看熊踪狼迹，大湖澄碧。秘境且惊龙凤影，浩歌休管鬼神泣。叹此中、万象沓纷来，为宾客。

（2015 年 9 月 13 日美国黄石国家公园）

## 霜天晓角 · 西拇指

雨凄湖碧，掠岸秋风急。袅袅热泉仍沸，应不是、为来客。空山松寂立，西湾波若泣。万里谁来添趣？曲拇指、赞绮丽。

（2015 年 9 月 15 日美国黄石国家公园）

## 减字木兰花 · 大提顿国家公园

崇山雪冠，焕彩流云天样远。碧野秋华，巨制难能大画家。水重山驿，远客光临添趣力。妙手神裁，费尽心机不复来。

（2015 年 9 月 15 日美国大提顿国家公园）

## 浣溪沙 · 盐湖城圣殿

水墨皴云抹写频， 沐雨栉风落花屯。 湖边小邑不沾尘。

石殿惟迎虔心众，摩门不纳歧路人。至尊庭院百年熏[①]。

（2015 年 9 月 15 日美国犹他州盐湖城）

【自注】①盐湖城摩门圣殿建于 1853 年，完工于 1893 年。

## 九曲花街

陡路坡花胜景徊，观侬极盛惜侬衰。
回肠九曲秋难去，碧海霜天自壮怀。

（2015 年 9 月 17 日美国旧金山）

## 西江月·鸽点灯塔

崖畔塔灯屹立，涛中豚跃欢腾；礁丛雪浪万千重，海豹悠然游动。
万顷琼瑶拍岸，穿梭鸥鸟翔行；太平洋上涛声隆，一号路旁奇境。

（2015 年 9 月 18 日美国加州一号公路）

## 蝶恋花 · 好莱坞环球影城

五彩缤纷呈万象。最是钟情，片场长车逛。金刚怒博大鲨宕，侏罗纪苑恐龙晃。
光影佳片春水涨。簇簇奇花，山谷争相放。牛仔帝王皆亮相，宇中星外翻新样。

（2015 年 9 月 20 日美国洛杉矶）

## 满江红 · 大峡谷国家公园

笑拍长崖，问神鬼崔嵬谁削？陈巨蟒逶迤蜿蜒，河蚀川刻。断壁桌山天宇廓，斜晖异彩氤氲薄。引秋风落木坠萧萧，纷摇落。
青壑隐，红岩赫。岫顿挫，泉幽约。这雄奇休负，千年承诺。最爱风光迷远近，却收遐思还今昨。且清心魂磊举杯邀，与君酌。

（2015 年 9 月 22 日美国亚利桑那州）

## 浪淘沙·萨德阿巴德王宫[1]

高墅入云端，别隐春山。王朝薄命盛衰间，两代生涯浑是梦，好梦难圆。
黑绿帜席卷，革命狂澜。拽翻塑像遗靴残[2]。寂寞楼台陪雨雪，月皎星寒。

（2016 年 5 月 29 日德黑兰）

【自注】①萨德阿巴德王宫建筑群共有 14 座宫殿，位于伊朗的首都德黑兰最北部的山上，占地面积约为 400 公顷，是原伊朗皇室的避暑胜地。②白宫前的巴列维前国王塑像，在 1979 年霍梅尼领导的宗教革命中被推翻，只剩一对靴子。

## 浪淘沙·古列斯坦王宫[1]

妙手造辉煌，富丽堂皇。明镜镶嵌美名扬。只照君王不睹匠，是否荒唐？
弹洞第一枪[2]，持护容光。名宫宝殿贮珍藏。最是晨钟鸟啼处，壁画回廊。

（2016 年 5 月 29 日德黑兰）

【自注】①古列斯坦王宫位于德黑兰市中心，又称玫瑰宫，其中明镜殿堪称伊朗建筑的精华，宫殿内的圆形顶部和四周墙壁都用小块镜子镶嵌。礼萨·汗和巴列维父子的加冕典礼都是在这里举行。② 1979 年伊朗宗教革命第一枪在这里打响。

## 浣溪沙 · 费恩花园[①]

一脉山溪纵贯流，禁池血溅辐臣头[②]，旧时明月故园秋。
高耸梧桐排翠阵，低昂菊朵绽清幽。黄墙细径近迷楼。

（2016 年 5 月 30 日伊朗卡尚）

【自注】①费恩花园是坐落于伊朗伊斯法罕省卡尚的一个典型的波斯式花园，建造于萨非王朝统治时期的 1590 年，至今已有五百年历史，为伊朗最古老的依然存在的花园。②花园内有一个费恩浴池（Fin Bath）， 1848 年，主张推行改革的首相米尔 · 卡比尔（Amir Kabir）因侵犯皇权、贵族的利益，被囚禁在花园中，1952 年在浴池被刺杀。

## 蝶恋花 · 哈朱桥[①]

桥底风光留不住，碧水清流，坐看粼波去。马队驮丝迤古路，山边河畔相思树。
扎各罗斯峰间阻，烽火名城，仍是繁华主。涵洞长歌吟暖句，披纱美女蒹葭浦。

（2016 年 5 月 30 日伊朗伊斯法罕）

【自注】①伊朗伊斯法罕市 ZAYANDE 河上的哈朱桥，建于阿巴斯二世时期，是当时人们游玩和乘凉的场所。

## 四十柱宫[①]

卌柱台池屹，绘墙劫火燃[②]。
古柯终曳地，茂树已擎天。

（2016 年 5 月 31 日伊朗伊思法罕）

【自注】①伊朗伊斯法罕市四十柱宫始建于阿巴斯一世，阿巴斯二世时建成，是当时接待贵宾和外国使节的地方。宫殿前半部平台上有二十根高大的松木柱子，站在殿前大水池望去，二十根柱子的倒影清晰，“四十柱宫”由此得名。大殿内墙上有数幅宏大的壁画，反映当时征战场面。

## 水调歌头 · 伊玛目广场[①]

孔雀开穹顶，回响递七声。匍匐多少信众，两寺赫威名。更有宫楼御殿，但阅精骑剑戈，广场战尘濛。高室胡笳奏，星月礼花腾。
风云乱，巴扎攘，关城晴。可怜多少梦碎，岁岁看菊红。戈壁绿洲依旧，只见车来人往，大河浪波清。旧颜翻新貌，古邑焕精灵。

（2016 年 5 月 31 日伊朗伊思法罕）

【自注】①伊朗伊斯法罕市的伊玛姆广场，始建于 1612 年萨法维王朝的阿巴斯国王时期，面积超过 8 万平方米，是世界第二大广场。广场上有国王清真寺、伊玛姆清真寺，以及阿里 · 卡普宫。

## 清平乐·居鲁士大帝墓[①]

园荒圮沓，满是碛难了。一座孤陵千载缈，戈壁乱山残照。当年鏖战征程，皇袍宝物俱空。柱铭替天行道[②]，雄才遗剩坟茔。

（2016 年 6 月 1 日伊朗帕萨尔加德）

【自注】①居鲁士大帝即居鲁士二世（约公元前 576 年～前 530 年），古代波斯帝国的缔造者。居鲁士的陵墓位于今伊朗法尔斯省的帕萨尔加德。②居鲁士大帝“从事不流血的征服和传播征服后的宽容”。“居鲁士圆柱”（Cyrus Cylinder）现藏大英博物馆，1971 年被联合国称为“宣示古代人权宣言之证明”。

## 蝶恋花·波斯波利斯[①]

都市煌煌山谷踞，首善之区， 觐见频来去。举世称雄谁可觑？西风吹剩百根柱。
皇家宝殿应无数，废墟雄奇，叹怆宏宫暮。劫火焚城烧不尽，天庭忽降菊花雨。

（2016 年 6 月 1 日伊朗波斯波利斯）

【自注】①波斯波利斯是波斯帝国大流士一世为纪念阿契美尼德王国历代国王而下令建造的第五座都城。始建于公元前 522 年，前后共花费了 60 年的时间，历经三个朝代才得以完成。其遗址东邻库拉马特山，其余三面是城墙，城内王宫建于石头台基上，主要建筑物包括大会厅、觐见厅、宫殿、宝库、储藏室等。全部建筑用暗灰色大石块建成，外表常饰以大理石。

## 浣溪沙 · 诗人哈菲兹墓园①

拜谒棺亭队涌流，鲜花芳草欲忘愁。俊男美女互凝眸。
曾惑绮情能不朽，不疑佳句可长留。波斯新月皎如钩。

（2016 年 6 月 2 日伊朗设拉子）

【自注】①哈菲兹是十四世纪时波斯伟大的抒情诗人，一生留存诗歌 500 多首。哈菲兹陵园位于伊朗设拉子城西北的哈菲兹大街，于 1936 到 1938 年间建造。

## 菩萨蛮 · 光明王之墓①

卵尖圆顶巍然立，百年沉掩灵光熠。圣者水晶宫，辉煌千万重。
晓来朝拜驻，栅内寝棺绿。祈祷梦回时，吟经无限思。

（2016 年 6 月 2 日伊朗设拉子）

【自注】①位于伊朗设拉子的光明王之墓，是为了埋葬什叶派第七伊玛目卡迪姆的两个儿子 Ahmad 和 Mohammad，他们于公元 900 年左右躲避阿巴斯王朝的追杀逃到这里，最终被杀害。起初这里只有墓穴，后来当地的一位阿亚图拉路过这里，发现有光从一处洞穴冒出来，经过发掘，发现这是 Ahmad 的墓穴，“光明王”由此得名。

## 洞仙歌 · 山行

山穷水尽，我来千年后。寻觅驼铃与丝绣，却茫茫，碛乱蓬摇沙流；湮灭了，劲旅厮杀竞斗。
海涛曾怒镌，劈谷销峰，百峭千嶕弄晴昼。断肠是、飞砾时，偶绿清阴；无奈事，姣颜憔瘦。又企盼、熙风逐袍来，便吹散眉间，一点春皱。

（2016 年 6 月 4 日伊朗扎格洛斯山）

## 浣溪沙 · 王子花园[①]

叠宕修泉树傍渠，连园暗绿杪藏乌。君王妃夥子不输。
斑妪白叟虽未惯，型男靓女不须呼。狂拍输与各群知。

（2016 年 6 月 4 日伊朗马汉）

【自注】①王子花园位于伊朗科尔曼省的马汉，1873 年为恺加王朝王子阿卜杜 · 哈米德 · 米尔扎所建。

## 减字木兰花 · 爝火[1]

庙中坛下，祆教[2]如今还在也。岁月如梭，冉冉升腾蕊汇波。
旧痕仍见，世事观来千万变。爝火阑珊，翠柏青松守岁寒。

（2016 年 6 月 5 日伊朗亚兹德奥塔什喀代拜火庙）

【自注】①有 2500 年历史的琐罗亚斯德教曾经是波斯帝国的国教，也是人类非常早期的宗教。伊朗亚兹德市区的奥塔什喀代（ateshkadehymh），又名拜火庙，存放着 1500 年前的圣火火种。②琐罗亚斯德教流行于古代波斯（今伊朗）及中亚等地，中国史称祆教、火祆教、拜火教。

## 西江月 · 涅瓦兰宫[1]

无奈苍天寥落，且观落日蹰迟。华宫固化盛衰时，须信人生如寄。
功罪千秋分辨，楼园百态矜持。王妃擅艺毋庸疑[2]，宏殿温馨堪醉。

（2016 年 6 月 7 日德黑兰）

【自注】①涅瓦兰宫位于德黑兰的北部，主殿 1968 年建成，是伊朗最后一个国王巴列维家族的主要居住地。②伊朗末代王后法拉赫 · 巴列维致力于文化和艺术事业，创立许多文化和机构中心。

图书在版编目(CIP)数据

好风景集 / 徐永清著. -- 北京：社会科学文献出版社, 2017.5

ISBN 978-7-5201-0393-0

Ⅰ. ①好… Ⅱ. ①徐… Ⅲ. ①诗词－作品集－中国－当代 Ⅳ. ①I227

中国版本图书馆CIP数据核字(2017)第036233号

好风景集

著　　者 / 徐永清

出 版 人 / 谢寿光
项目统筹 / 王　绯
责任编辑 / 王　绯

出　　版 / 社会科学文献出版社 · 社会政法分社 (010) 59367156
地址：北京市北三环中路甲29号院华龙大厦　邮编：100029
网址：www.ssap.com.cn
发　　行 / 市场营销中心 (010) 59367081　59367018
印　　装 / 三河市东方印刷有限公司

规　　格 / 开　本：787mm×1092mm 1/16
印　张：15.25　字　数：100千字
版　　次 / 2017年5月第1版　2017年5月第1次印刷
书　　号 / ISBN 978-7-5201-0393-0
定　　价 / 98.00元

本书如有印装质量问题，请与读者服务中心（010－59367028）联系